湖骨

陳泓名

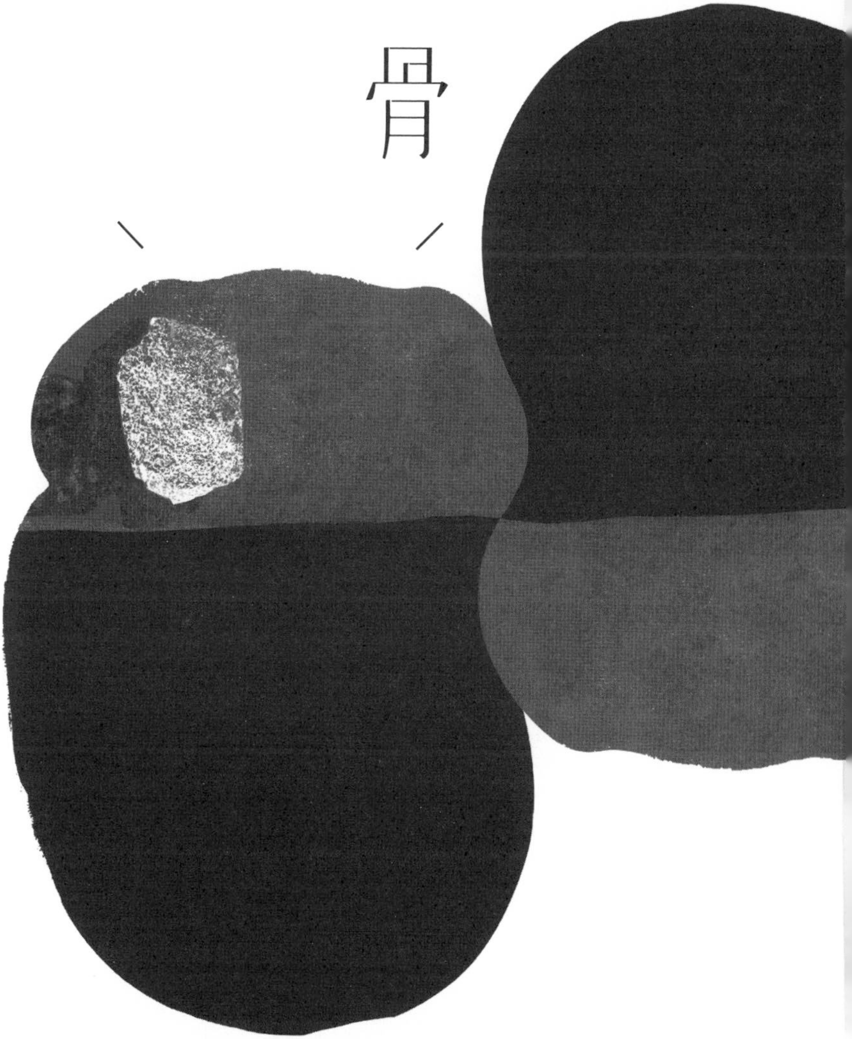

目次

D：遺存 Remains

A：伴存關係Contex

房間裡有螞蟻。

我看著壁癌生長，破碎餵食牠們。

螞蟻們安慰我，這一切都會過去的，你只是還在這個階段。衣櫃上方疊滿書、電風扇還有一顆巨大的保麗龍，那是海邊撿來的紀念物。它們是我的伴存，一件與另一件有關的，任何東西都是。我記起橘子說，太弱的人，就會思考太弱的事情，就像浮潛，只能看著海底。

所以我才會一直想要養寵物嗎？任何東西都可以，野小貓、野小狗，或者壁虎我給牠也取過名字，不過有一天發現牠卡在門縫，乾死了。為小壁默哀之後，有點發現我看待事情的角度變了，例如說，如果任何事情是一種伴存，那麼，我其實也被牠們保護，無論是螞蟻，還是我曾經餵食過的野貓們。

我不得不提到母親。

一如母親不得不想到我們一樣。

地震過了，水從路中間冒出來，那是自來水管，因為自來水管都是淺埋，重車（卡車、遊覽車）經過就有可能震裂，更何況是五公分的位移。那日，母親急忙趕來，從遙遠的北部，搭客運到我家門口，才發現我根本不在家，因此在旁邊的便利超商，跟著店員聊過半夜，直到清晨。

母親並沒有責怪我們。

看見我們時，向我們揮手。

但我卻感到不安。

是的，螞蟻快速地生長，築巢，牠們原來也許是黃蜂、胡蜂，只是不知道為什麼，捨去了翅膀，開始構築社會，牠們社會性相當地強，負責照顧幼蟲的工蟻，會挑選適合的區域安置小蟻，例如溫度，對於牠們的生長都有害。只要有人類社會的地方，就會有螞蟻，沒有人類社會的地方，例如南極，螞蟻就不存在。

母親給我一罐噴霧，相當刺鼻，朝著壁縫噴去，螞蟻屍體堆積。

我身上都是那個味道。

清潔。

我開始學會了清潔，只有清潔，才能夠與他人伴存。海邊撿來的紀念物，我在想，什麼時候才要跟它告別，不過日子所剩不多了，我想，這只是其中一個階段而已，只要好好寫字，好好讀資料，好好掃螞蟻，很快就會過了吧。我噴著櫃子，一不小心就睡著了，聞著刺鼻的藥劑睡著。

醒來時，我看見，保麗龍融化的樣子。

像極了月亮。

「螞蟻化石年代為一億年的白堊紀，直到開花植物逐漸繁盛後，螞蟻的種類開始多樣化。」

——台灣環境有害生物管理協會

月土

沒有異狀，在宇宙中漂浮的十天裡。

妳思考著清潔。

幼年時期，母親帶著妳走在藍鯨之骨下。藍鯨骨頭飛翔，妳也是，第一次學會飛，它們在天空，染上了博物館的氣味，妳不小心闖入了地下室，一層層堆滿了那些無法被展示的骨，沒清洗、脂肪與血土混合的原物，在漆黑的桌上，妳找到了月亮蟲。

大學二年級的某日凌晨，暑假尚未到來，妳在林森路公園牽著腳踏車，伴侶抽著菸離去，妳討厭這個味道。突然聞到刺鼻的臭味，有男人從後面抱住妳，妳掙脫了，靠著幼年時期學的空手道，不，也許只是幸運，妳知道量級的差異，但奇怪的是妳還是拚命地掙扎，妳死命看著他，大吼，耳鳴，最後男人逃離，但不知道為什麼，月亮還是掉下來了。

第一次月亮掉下來的時候，妳浮起來，地面上的人都遠離，遙遠，不可觸及，化做細小的遠觀微形，哇啊——好高。以至於，後來的日子裡，只聽見母親當初的聲音，柔美、充滿耐心，慢慢解決妳眼睛所見的所有事物。

在宇宙中間。

月亮裡。

房間。

地球旋轉，十次。

十次。每一次旋轉，妳都嘗試想要對月亮說明，究竟發生了什麼事情，但是月亮太大了，又很恐怖，在妳身上所發生過的事情，也太大。兩個太大的事情是無法好好的溝通的，只能像星系一樣保持距離。有時候靠得太近，妳的語言就被摧毀了，被摧毀的妳，只能靠著母親，再次回到記憶裡面的博物館，聽著母親澆花的聲音，母親說她把陽台建成花園。

說是花園，母親將一盆盆精心剪裁過的花，梳理成向外的樣子，莖葉掛在欄杆上，垂向行人。她說，我摘了一朵黃色的花，要給妳，妳放在房間裡面吧，很可愛，現在我把它插在玻璃瓶，等開花。妳回家之後，如果蝸牛、毛毛蟲沒有把葉子吃光光，那回家之後可以放到書桌上面。

妳靜靜地聽著。

深深地吸了一口氣。

妳說：「你們都知道我差點被強暴的事情吧。」

月亮停止轉動。

任意擺放時間，更往後一點。

終於停下來了，妳緩緩降落，但是其他人都開始同情妳了，妳想，為什麼呢？好像只有小倩不會露出那種難過的表情，妳難以想像小倩知道這件事，或者她會怎麼想，不知道，但也總比知道還要好，妳決定跟小倩住在一起，度過大學的最後一年。

在家裡整理行李的時候，暑假輕易地離開了。母親哀傷地問說：「妳還好嗎？」

「沒事的，我已經在科學博物館找到工讀了。」

「我滿擔心妳的，妳還要外出嗎？」

「不會，那邊的伯伯阿姨，都很照顧我。」

「我們家缺這種錢嗎？」母親卻自顧自地哭了出來，是那種一發不可收拾的，像是怨嘆整個世界。妳皺了皺眉頭，母親像是洞穴裡看到的那種憂傷的小蟲，便想起李伯說過，他在高雄顧過一間清水寺，旁邊有個洞穴，四通八達，沒有人在顧，可以隨意探險，往往會有觀光客走進去，碰到死路、岔路，卻迷路在裡面，甚至走了一個小時卻支撐不了的。李伯說，救出來之後，看到陽光，他們就哭了。

妳說，什麼都不記得了。

但是母親哭的樣子，令妳感到十分痛心。

因此在前往學校宿舍的漆黑公路上，妳看見了如影隨形的月亮，並慢慢地說給母親聽。有關於清潔自己的身體，以及，妳遇過一次，真正的漂浮，自己是如何真正離開宇宙的——。

說著這些。

妳開始想念起溫柔的小倩。

月亮又再次變大。

開始工作之後，日子相當的單純。

妳偷偷觀察著月亮的生長狀況，幸好，沒有繼續變大，那天，母親在車上的情緒，確實又讓它變得更大了。但是，變大的月亮就一定是壞事嗎？如果我能夠跟月亮相處，不要這麼害怕月亮，會不會就不會有問題了，妳想，接著想，不要，我為什麼要接受——顏色變深了，不是妳的錯，妳想。水流過妳的手，冰冷而真實，妳把塑膠袋裡的陶片放入籃中，並且先用清水泡過一次，接著搖動籃子，妳喜歡這樣慢慢搖動它們，像是喚醒嬰兒一樣，把多餘的泥土剝除。

像是去除胎衣、臍帶、胎盤，最後洗淨原來的塑膠袋，注意不能讓標籤跑掉。等乾燥後，再用溶劑、刷子，慢慢清開骨中的洞坑。妳看過李伯、其他阿姨們帶著口罩，坐著小圓凳，把藍色大貨籃反過來，放木板，當桌子，慢慢清刷。

知覺慢慢醒來了。

那使妳的手感到痛，有了痛覺，那使妳開始思考，對著骨簪、陶片、破掉的髖骨問：「你們最後要去哪裡呢？」

「放進倉庫。」李伯說。

他在前方捏著小夾鑷子，眼睛看著骨頭中的洞，他拿著石片，慢慢比對。而其他無數件待清的貨件，都堆在旁邊，用藍色大籃子裝起來，包塑膠袋，編號，高高堆起，妳仰望的時候，有點懷疑會不會太久了、清不完了。會不會發生不好的事情？不過事實上，它們安定的跟妳說（藉由無數次刷洗告知），不會的，總有一天，我們會通通進到市政府下方的倉庫裡，或是樓上的玻璃冷氣櫃，給孩子們在上面留下手印。

「我們有地方可以去的。」文物們說。

重複的清潔是有意義的。

李伯聽著收音機，妳則是從中辨認出哪些是泥土的部分。

工作沒有停，因為遠方的挖掘也沒有停止。

妳去過一次遺址。

但因為工作習慣的關係，以至於妳看著一整包一整包初出土的遺物，感到有些疲累的想，哇，這麼多土，為什麼不清一清啊。更遠的地方，枯瘦而黝黑的男人拿著鍬，用力刨著生土層，後面跟著穿著制服的研究員，拿著黃色的尺量著探方。三四十個的探方，不能搞錯方向，那些文物出土後裝進袋子裡，用顏色與數字標在塑膠袋上，在虛擬的紙上面。

妳的籃子是黃色的，成本一個三十元，倒入以夾鏈袋封裝好的人骨、陶瓦片、瑪瑙珠。那些長短大約不出十公分，有些很小，黏著難以沖掉的泥土。所以妳聚精會神，在地下室裡面，把一籃一籃的文物清洗乾淨。

李伯教人的聲音很好聽，很像系上的一些會先微笑的老教授：「有些地方妳看，眼睛這裡比較深有沒有？」他拿起一具人骨頭部上端，有些深色、裂開的地方，指著眼窩。

「或者像是這樣，妳看他們的牙齒周圍，這種就代表牙周病。」他指著萎縮的齒槽尾部，過分短小，或者缺漏，牙面的部分也凹凸不平。

「這是牙結石。」

「妳看這個牙面。」李伯說。

不平整，像是有細小的河流。

「這叫線狀齒釉發育不全，」他接著講，「缺琺瑯質。」

「他們為什麼會這樣？」

「問得好。」

「大部分都是因為壓力大。」他說。

「我可以看這顆嗎？」妳指著骨。

「好啊，妳拿著。」

李伯戴起手套，也給妳一副。

雜亂的桌面上，他有一個專門放用具的地方，那邊堆滿了竹刀、刷子還有一把小平鏟，那把小平鏟根本用不到，鐵刀部分還亮著黑漆，桌面還有一堆筆，五顏六色的，以及便條紙。他不小心一扯，那些用具便沿著桌緣滾下，哎呀哎呀，旁邊的阿姨喊著，好像那些是她們弄倒的一樣。

「啊，糟了。」妳喊。

「沒關係。」他脫下手套，露出一截截的指節，因為年老的肌肉流失，關節特別突出，妳注意到李伯指甲上面有塊黑色的瘀血，李伯的手指破掉了，因此不方便碰水。他的指甲破裂，可以從外面看到指肉，因為瘀血的緣故，這種傷口看起來很難以癒合。

妳也蹲了下來，一起拾落物。

妳問：「會痛嗎？」

李伯說：「習慣了。」

「看起來很可怕而已，但如果習慣不要碰它，就不太痛。」

聽說，他在遺址刨土的時候，被小鋤弄傷了手，對方是一個跟妳一樣的工讀生，一樣從經濟自立工讀網站上，找到這種政府核可，且保障給助學貸款的學生申請。

李伯最後沒去醫院，在水龍頭下沖洗了很久。

指甲的瘀血，像是地板破出一塊黑洞。

如同黑油墨，傷口停在手上快一個月。

傷回復很慢。

久到後來，那個工讀學生已經默默辭職，但傷口仍在李伯手上。可以看見他的指甲形成一個小洞穴，裡面是黑色的肉。好奇怪，心裡習慣了痛苦，身體卻一直好不了，跟我完全相反，妳想。

倉庫外面有著可以停入貨車的空地，夕光照入室內。

一天即將離去。

月亮再次回到空中。

夜晚尚未清楚被明辨時，母親打了電話過來。妳接起，母親問，今天還好嗎？妳說，工作啊，洗骨頭、陶片，還有很漂亮的骨簪。母親問，什麼是骨簪？就是用骨頭做的髮簪妝飾品喔。那不會很恐怖嗎？母親說。

「不會喔。」妳說。

「可是聽起來很不吉利耶。」母親說。

「去大一點的廟。」

母親令妳假日去廟拜拜，可以的話去點一盞光明燈，拿一包護身符。她不停地說，有時候繞著繞著，又回到了原來的表面。妳想，不停地向母親解釋自己，總有一天，自己會變成什麼樣子呢？後來的最後，母親又再次問妳漂浮十天的事情。妳還記得嗎？是不是受到了什麼不好的影響呢？妳很想說，不是的，我們已經太過遙遠，隔著手機，什麼都聽不到的。

宇宙裡，什麼都聽不到的。

妳想念小倩。

先是想起小倩、做夢、最後解釋如何清潔鯨魚。

妳想起小倩描述過的，過分炎熱的老人院。儘管是護理系一年級的必修內容，她們卻像是從某個地方，帶來更加必要的接納與寬容，小心翼翼地看照被束縛在椅子上的爺爺、把盥洗用品偷走的婆婆。不過他們會明白嗎？如果我們這麼用心的對待他們，就只是讓他們活著而已，他們會明白嗎？小倩當時疑惑地說。

有些人，會一直走路，然後遺忘，因此繼續走，直到雙膝損壞。

或是不停地囤積食物，並且分享給一週來一次的護理系學妹們。

她們看著酸掉的食物。

小心翼翼地把老人囤積給她們的愛倒掉。

有一次，他們集體不安定了起來，掙扎、亂走、不願聽進任何哄慰的話。院長說，也許今天就會有人離世了。爾後，她才知道那日的病床上，有一位爺爺離開。

妳問她：「妳會害怕嗎？」

「很訝異，但好像更理解人類一點。」

小倩說，那個時候，她還談愛、感傷，或者是那種非常內在的感受。升上了大二時，她在醫學院的一樓大廳，凌晨兩點，見到她的前男友，彈鋼琴，很好聽的那種。後來她說，與前男友交往，一部分也是為了要學鋼琴，但後來也沒有學成。妳明白地點著頭，跟著附和，那個男生看起來也很善良。

「然後他就忘記了。」

小倩說。

交往一年後，有兩次，才使她發現男友存在著某種缺漏，第一次吵架，大約是交往後的第四個月，他把那場架忘了。無論小倩如何提醒、引導，他總是說，不記得，我們會吵架嗎？接著便露出無辜的笑容，想要結束這個話題，小倩說，不、沒有，還記得嗎，你先停下來之後，然後賭氣離開的。

他露出善良的微笑。而第二次爭吵，是他忘記一起去過的泰國之旅，那是小倩與他交往的第二年中途。「他真的都不記得了嗎？」

「對，我引導過他，嘗試要讓他思考。」

「嗯嗯。」

「正常人都能夠整理經驗，然後得出結論對吧。他不行。」

「那你們都怎麼相處？」

「唉，我們已經快要成為治療關係了。」小倩說。

「是最近才發現的嗎？」

「對。」

「太奇怪了，有別的女人？」

「沒有，不是，比較像心裡面的檻。」

「他說像是關在盒子裡面，所以感覺不到。」小倩說，「才把記憶弄丟了。」

「那妳怎麼辦？」

「我試過任何方法了。」

「聽起來很糟。」

「他通通說印象淡薄。我也跟他說過，或是吵過，但他一直都是很遲緩的狀態，常常到一個程度，他就無法繼續思考下去了，感覺不到。他看起來很可憐、無助，但我也沒辦法輕易地原諒他。」

小倩很堅強，說著說著，也沒有哭。最後一次，她對前男友大吼、把他們去泰國旅行的紀念品，在他面前燒掉，然而這些也無濟於事。最終，前男友說：好吧，我知道原因了，以前交往的女生，她們都是那種充滿情緒的人，跟妳一樣，會直接笑或是直接哭，所以我只要聽著就好了，但後來我發現，只會接收，也做不到任何回覆，可能我有問題，可能太奇怪了，所以感覺不到，那會是我的問題——。

妳問，後來妳還有對他大吼嗎？

小倩說，沒有，沒有再去嘗試要讓他變好了，但我好像被強制拿走東西一樣。後來她獨自去找了很多縣市，去睡不熟的人家裡，跟他們出去玩，累了就跟他們睡在一起。

沒發生危險吧。妳問。

沒有，沒有遇到可怕的事情。小倩說。

那就好，要小心。

我遇過一次。妳說。

妳問室友小倩說，能不能借妳一晚，一起睡覺，比較不會想東想西。小倩答應了，小倩偶爾會帶著不同的男生回公寓，不過大部分都只是來陪她睡覺，或者吃晚餐而已。所以小倩很擅長在睡前聊天，令妳幾乎忘記外面的月亮，慢慢向西落下的時光。

小倩睡著了。

發出緩緩的呼吸聲。

有人陪著，就不會發夢。

夢裡妳會再次漂浮。

那日清晨妳在地板上看見啃食月亮的小蟲。

牠背後有堅硬的外殼，適用在土壤內移動的姿態，並且貌似沒有眼睛，只用觸感，在上面咬出了一粒粒的小洞。那像是月面上的模糊陰影。

妳更加疑惑地想著，為什麼地板會被咬出洞來呢？

為什麼要咬破？

小倩在旁翻了翻身，妳找了一個迴紋針小盒，將牠蓋起來。

咚咚。小蟲用身體確認盒子的四周。

妳叫醒小倩，彼時早上七點，妳們一同刷牙。小倩醒來時，並沒有感到任何一點不耐，就像是她仍在夢中，或是未曾入睡那樣，把睡眠與現實弄混了。妳清楚地聽見，水混合著泡泡流入地面，而樓上的房客打開水龍頭，或是沖水的聲音。咯沙——。與聲音共居了半年，奇妙的是，妳與小倩處得很好，假日吃她煮的肉骨茶麵，卻不會厭膩。

好奇怪，妳想。

「請勿。」妳複誦。

地下一樓的廁所，十分蒼白。

中午吃飯，那是少數能夠離開地下室的時間。李伯、阿姨以及妳會一起走出去吃，看看陽光。通常找附近的快餐店、便當店解決。

妳從籃子裡拿走了一根骨簪。

給月亮蟲吃。

不過，一直以來，妳仍覺得妳是被接納的那方，像是接納了啃食月亮斑點的小蟲那樣，被一個更加安定的存在接受他們很溫和地問妳，從哪裡來呢？母親是什麼行業呢？父親在哪裡奔走著？妳怯怯地說，啊，沒有啦。有時候，妳仍然聽到他們說，嘿，這麼乖、這麼細心的孩子，學期結束後記得回來看我們啊。妳知道那是如同夏天烤熱的土壤，自然變成乾燥溫暖的樣子，總有一天全部都會向下壓密。儘管如此，慈善而心腸很軟的妳，仍然覺得，這些會成真。

如果這是未來的工作，會不會過分乾淨了。

但妳喜歡這種感覺。

重複清洗，形狀清晰。

後來。

妳常常在午飯後剩餘的二十分鐘之內，悄悄的離開他們，到附近的便利超商喝養樂多。超商店員中午時快速、果決，因為此刻是所有勞動者們休息的時間。喝一瓶養樂多，等待便意，然後去地下一樓排泄。那會是妳獨自擁有的時刻，也是身體慢慢適應勞動的反應，在泥土裡面，忍不住多停留一個夏天的土蟲。妳會在廁所待很久，有時候沒有便意，就會在便利商店滑手機，看看大學的時光有沒有變動。

習慣了每一天的日子，身體便會自己記住時間，但還是我們的意志強制地讓身體習慣了時間，卻不知道呢？妳在蒼白的廁所想著這些問題。有時候妳注視著牆上的標語，請勿投入異物。但妳真的太過認真了，連排泄的時間都十分固定，每一次，重複地想起小倩為什麼要搬走。

「請勿投入異物。」妳看著廁所的標語，想起背包的月亮蟲。

不是有些蟑螂能夠自己爬出污水管嗎？

月亮蟲自己能夠爬出來吧。

或許牠就會變成別的樣子。

沒有恨、沒有痛苦，也沒有記憶。在廁所裡面，也不會看到月亮將要掉落的樣子，只是唯一的問題在於，這裡太過乾淨，讓妳覺得格格不入。

妳發很長的呆，思考著。

會不會改變些什麼呢？

像是月亮蟲那樣，妳想到，於是手摸進包包裡面，拿出迴紋針盒子。小蟲在睡覺，或者說，牠像是剛剛游泳一樣，緩慢地對周遭的刺激產生反應，也不會像早上那樣，四處竄動。妳開始覺得牠可愛了，或許那是一個大工程也不一定，對牠來說，真的是想在地板鑽洞，對牠來說，那裡應該就是月球。

「所以月亮蟲真的存在啊？」

「是啊。」妳說。

小倩陷入了遲疑，她看著妳很久很久，妳也看著她。為了更明白地讓小倩理解，妳把空白的迴紋針盒子放在桌上，安靜地展示，並且在旁邊寫下說明，像是任何一間博物館一樣，妳看著月亮蟲慢慢爬行，如果把四周的燈調暗，那麼牠便會休眠，從緩慢移動，成為動也不動的樣子。啊，小倩發出了聲音，妳不明白那是什麼意思。

「要不要看月亮？」小倩說。

「月亮？」

「頂樓可以看到月亮。」

打開——原本期待看到的大月亮，在城裡卻看起來很小。妳瞇起眼睛，跟妳想像中的月亮比起來，現實的月亮太小了。小倩說，她在鑽研天文的時候，常常就是在外面待了一整晚，也沒有回家。

「其實我們也在宇宙裡面。」她說。

「是嘛，這句很像電影台詞。」妳說。

「是真的，宇宙裡面有一顆小行星就叫做高雄喔。」她回。

如果未來有一天，宇宙的一切都被寫進電腦裡面，像是神話索引，那麼回頭考古（二十年內存有考古價值）的人類學家，他們大概會發問：這個斷代裡從一個地名去挪用另一個地名，是不是一種遙遠的殖民，就跟紐西蘭一樣。接著，李伯可能就會接著問：那麼，問題來了，他們遇到了什麼樣的壓力，才會變成這樣呢？

為什麼要移植名字。

「那應該是——跳蚤？」小倩指著月亮蟲，慢慢地發問。

妳沒有說話，看著漩渦。

這也是一種清潔。

咚。

妳感受到痛。

盒子掉落在廁所地板。

月亮蟲，妳給牠的新名字，有四個生命週期。卵，幼蟲，蛹和成蟲。兩側扁平而堅硬，適合存在毛皮上面，若是被咬到，在手上會有紅色一條條刺痛的傷痕。妳無聲而痛苦地喊著，不能驚動其他人。月亮蟲竄進了身體裡面，牠銳利的口器用來吸吮，剛剛破殼的牠，開始進食一切有機物，如果是在外面，那就是廢棄的土壤、排泄物、屍體或是植物。忍耐脖子附近刺痛，妳好不容易抓住了牠，趕緊撿起透明的盒子，把牠裝回去。

進食後的月亮蟲安靜下來，身體蜷起，安靜地編織繭。

然而，妳的脖子上已經留下一條明顯的傷痕。

回到工作間。

李伯問：「妳脖子怎麼了？」

妳羞怯地遮起，並撒了小謊：「抓傷了，我自己指甲太尖利。」

抹了藥，李伯給妳他的指甲刀，很奇妙的是，李伯的指甲已經不再生長了。剪著指甲的過程中，李伯解釋清潔的意義，如果考古挖掘要花一個月的時間，那麼工作室中的工作往往要用掉六個月以上的時間。記錄標本的長、寬、厚、重、形狀、顏色、材質、保存狀況等。

有些標本還得另外處理，例如，修補碎裂的標本，替重要的標本拍照，把骨骸交給專門的學者分析研究，木炭拿去實驗室測定年代。除了處理標本之外，同時也將所有的紀錄（文字、圖稿與照片等）歸類建檔，以方便日後查詢。

這個儀式的意義在於。
藉由清潔與修補，歸納與整理，最終幫助我們建立遺存。
那是過去人類所遺留的物質的總稱。
好熱。
頭好痛，幾乎是擠出求救訊號地說。妳說：
「我清潔了啊，我清潔了那麼多次，但是月亮還是沒有消失，怎麼辦？」
「妳的月亮與月亮蟲是伴存關係，我解釋過吧，某一遺物和其他考古遺存共同存在的關係及意義，妳和蟲和月亮，三個是一起的，你們彼此解釋自己，最終要找到清潔的意義。」意識的邊界，想像中的聲音說，好像是李伯的聲音。
妳的頭很燙，意識模糊。
急性月亮蟲斑疹傷寒。
因此，倒在地上的時候，在門外似乎看見了月亮，小小地發出光芒，在對面的樓頂上。哎呀哎呀，失去意識前，阿姨們發出了驚呼聲彷彿是自己昏倒。

太多光芒了。

妳想。

「睜開眼。」母親說。

「不要。」妳掙扎地說。

「快點。」

月亮上，那些經過妳的手洗過的人骨、陶片，緩緩從天空落下。混合溶液從山邊流下，丙酮、乙醇、逆滲透水、聚乙二醇辛基苯基醚，從露出的古鯨魚的充滿油脂的尾骨，像是噴泉一樣順流降霖。古鯨魚的尾骨從山邊露出來，指向宇宙，月山滑落石頭，發出掉落的聲音，妳聽見。

但母親撥開妳的眼睛。

壓著眉毛，將妳的眼皮撥開。

「妳沒受傷，知道嗎？」宇宙發出母親的聲音。母親說，「妳還能繼續好好的活著。」

「但我好害怕。」妳哭著說。

一片片包覆古鯨魚骨頭的敷劑紙塑膠片，從月山的邊緣流下，流到妳的腳上。月山的黏土很黏，陶土一般的觸感，卻會整塊從山的邊緣咚咚落下。妳聽見母親，但沒看見她。母親又說話了：

「妳怎麼能夠被打敗呢？」

「但我好害怕。」

「小時候讓妳去學的空手道，有派上用場啊。」

「我只是逃出來，沒有戰勝它。」

「妳當時沒受傷，知道嗎？」

母親的聲音漸漸被月上稀薄的空氣稀釋，或者說，被光線稀釋。妳聞到乙醇的味道，令妳幾乎想吐，地下一樓幾乎都是這種化學氣味。當時那條毛巾上面，就是這樣的味道，充滿化學的揮發臭味。真的會有化學味道的毛巾啊，妳想，真的這樣會令人昏厥嗎？但妳感覺到自己幾乎像是月亮蟲一樣無助：「但我好害怕。」

月亮蟲移動了，向下鑽了鑽。

妳咳嗽，喉嚨因為乾燥，向黑暗劇烈的咳出空氣。

母親說，這裡是月亮，月山。

為我們修築步道。

妳向下看，樹林之中夾雜著灰色的土堆，山林的霧氣，緩緩上升。月亮太大了，但月亮蟲努力的鑽啊鑽，鑽啊鑽。把那些阻礙的山、樹林都一一排除，牠就一直往前，妳跟著走，空氣似乎越來越稀薄。月亮馬呂斯火山地區，月亮蟲在這停下，裡面有個寬廣的洞穴，寬大約一百米，岩壁很冰涼，可能有可以做為燃料用途的水冰沉積物，這很適合躲藏，妳跟著走，母親的聲音從熔岩洞裡冒出，未來人類也將在此定居，裡面很長，適合移民，妳是第一個，我的女兒。越到裡面，結構似乎就顯得越穩定，後來，妳們幾乎在黑暗中慢慢摸索而行。

太陽系後面的光，有星星的暗處。

母親說，妳看，到月亮後面了。

我能夠好好引導妳了。

眼前，一個茫茫的身影在妳面前。

男性。

手上拿著毛巾。

疑惑地、膽怕地，同時緊緊抓住妳的手。妳的腳踏車、眼鏡，摔在地上，同時，眼淚也不停地掉下來。妳發出，後來自己描述那般野獸的聲音，一如那天，令那個男人倉皇逃之。像是要穿破這個星系上的空氣一般，在肺裡面，威嚇月亮、威嚇古老的鯨魚、威嚇這個模糊的身影。妳大吼，穿過月亮被鑽過的空洞，洞穴破掉後，再也無法躲藏人類，什麼都破得碎碎的。

月亮蟲被彈起。

離開月面。

男人也是——

沒有憐憫。月亮更近了些，幾乎要落下了。

妳想起，

那天晚上一路哭著回到宿舍，在宿舍裡漂浮十幾天的宇宙之旅。不能再獨自睡著，不然月亮就要碎光了，妳哀傷地想。前男友說：對啊，妳不能再讓它們變得破碎了，我們都將會受不了。妳哭著對他說，為什麼，就不能接受破碎的形狀嗎？前男友焦慮地點起一根菸，他唯一的反射性解壓方式，妳生氣地扭頭就走，啊，又碎掉了。妳回頭，林森路上空無一人，妳不明白，為什麼他沒有追上來。

妳站在公園旁打給他，語音通知過了良久。

突然，妳被男人從後面抱住。對方拿著一個有化學氣味的毛巾（粗暴而笨拙），嘗試要摀住妳的口鼻。妳害怕的僵住，腳踏車以及眼鏡摔在地上，手機也是，仍等著通話。

掙脫了，他逃跑、妳也逃跑。

但是，地球失去引力，恐懼與月亮如影隨形。

月亮落下。

今天校安信寄到全校師生的信箱裡了。

有人被卡車撞死、遇到怪人、差點被強暴以及自殺，校安信就會再一次以文字寄出。就像是信箱內的無數封博物館特展信、音樂家演奏信、校慶通知信，讓大家注意，有東西，正飛在空中。

月亮看著妳。

要變成月亮鯨魚了——。

在博物館裡面，被孩子們摸的玻璃外面，他們正在看著，從月亮掉下來的鯨魚骨頭，小倩也是、男人也是、前男友也是，甚至有部分的妳也是看著那根數十米的巨骨。特展的說明裡，因為通過時代洗練而逐漸下沉的巨大骨頭，染上了月亮的顏色，所以才能夠被重力拋棄，再次擁有自己的引力。浮上來、浮上來。

只有小倩不會問，但她最後也搬家了，因為妳的傷開始殖民一切。

打了抗生素，吊了一管點滴，在醫院裡妳感覺好了點。

妳想起那些膝蓋磨壞的老人們。

茫茫，洞裡飛入蝴蝶。

洞仍很長。

月球上躲避未來人類的熔岩洞，五十哩。

岩洞裡拿著鑿子的台人及日軍，六哩。

從床上掉下來，無數的小孔，毫米。

妳知道，那之後男友雖然與妳經歷無數次分合，最終在妳無數次問著為什麼不能接受破碎的形狀時，他終於找到某種理由了。他說：「妳不能這樣害怕月亮啊，那時並沒有真的被怎麼樣——。」

碎光了。

小倩提過的失去語言的男人。

坐在洞裡。

妳哭著問他，為什麼，自己的男友會這樣說話。

男人微笑，擅自建造了一個岩石內洞。裡面沒有聲音，也沒有記憶。他說，這是泰國的洞，很多人受困了，但沒關係，我會分給他們自己正在吃的藥，也會教導他們，自己是該如何思考的。但我們不會傷害彼此，這裡很安全。

但是洞還是會被自己鑿穿的。

晚上，母親來探望妳，妳說，我沒事，我們回家吧。回到妳的住處，母親問妳，妳為何能夠說得如此冷靜呢？妳想了想，但不知道怎麼回應。後來母親坐在沙發上，妳則是靠在她的身上，看過一個又一個電視節目，喃喃，為什麼都這麼像，母親說，他們都練習很多次的，將來有一天，妳也會成為一個了不起的人。妳問，妳怎麼就能知道，在途中，不會遇到可怕的事情呢？風在高處，白天的月亮非常的稀薄，母親摸摸妳的臉，再經過耳朵，搓搓耳垂——。

妳想起那天晚上。

「不，這是月亮蟲。」妳堅持說。

妳拿出手機，拿出了那封簡訊。

「原來月亮蟲真的存在啊。」小倩說。

小倩說，這樣好可怕，真的，只因為妳是女生，就得一直面對這樣的恐懼——洞穴的地面，一直沒有任何動靜傳出來了，聽不見聲音，妳什麼都沒能感受到。妳握緊骨簪，露出尖的那端。街上那些野獸們，對著彼此吠叫。

妳聽見了，月亮凝視牠們的聲音。

李伯洗刷著陶器、人骨。接著將它們放在最底下，籃子的最底下，然後再重新排起、堆高，將要碰到一樓的天花板。接著再重新洗刷、排起、堆高。妳想起來了，那些無數次交代的。「千萬不要弄混了。」弄混的話就錯了，死定了。妳想起了失去記憶的男人，但妳不希望只是被當作需要治療的人。那樣太憂傷了，一輩子都只能在洞穴裡面聽，而且會失去所有感受。妳說，不對，再更早，那不是一次，而是無數次，也不是曾經，是原因，在浮起來之前，在月亮碎掉之前，在語言破掉之前，在那天意識到原來月亮是無所不在，而無處可逃之前——

「會痛嗎？」

「血乾掉後就不會了。」

「繼續洗吧。」李伯說。

「為什麼要繼續在這裡呢？」

妳並沒有回到位置上，像是一個靜巧的學生，等待更多的答案。妳知道，什麼東西正在磨壞。或者只是變得破碎。而土下，所有生物骸骨都慢慢地以地球旋轉的速度，變成月亮的顏色。

經過漫長的隧道，李伯的意識像是一隻蝴蝶，慢慢飛出。

他緩慢地抬頭：「這是一件很了不起的事情啊。」

「為什麼呢？」

妳小心翼翼地問。

李伯拿起骨簪：

「骨簪，是一種裝飾物，類型學上的分類，我解釋給妳聽，類型學是以共同的特徵為基礎，按類型將器物進行系統組織，而分類代表著將遺物或遺跡依考古學家認定的標準，系統性的區分為不同的群組，考古代表著將這些遺留，人們的遺留，展示到所有人的面前，沒有疑惑、沒有多餘的擾亂。這就是清潔的意義。」

「能一直展示到永遠嗎？」

「對啊。」

「這不是一件了不起的事情嗎？」

在家裡，妳吃了一些藥，然後趁睡意襲來之前，坐在書桌前面，拿出背包裡面的月亮蟲。月亮蟲破繭了，等待一點震動，便能開始吸取寄主的血，並且開始繁殖，就跟所有的恐懼一樣，不知道為什麼，永遠往下鑽，並且遺留洞穴。妳小心翼翼地放在桌上，打開書燈，燈光照在小蟲的身體上，透過牠的肉體，拿起大頭針，妳吸氣，看著手機上的圖片，瞄準了牠的心臟。

釘死在書桌上的月亮蟲。

妳寫了十張字卡。

代表著牠的生長過程。

一面寫著展示板，一面想起來過去的所有事情。

月亮還是小小顆的時候，在洞穴裡。前男友摸著它，問說，妳要嗎？妳感到害怕，但這是他問了第十幾次，而且，自己也早已下定了決心。妳看著決心，也看著他，決定再繼續挖深一點，可以吧。妳說。或許那次跟後來的無數次分合有關，妳知道，月亮蟲永遠抵達不了，只會把周圍弄得髒髒碎碎的。但妳知道，博物館殖民了過去，而妳將殖民月球。對，再問一次，妳說話。生態系在宇宙緩慢成形，妳知道那終究是什麼，永遠都說不完。

閉上眼。

睜開。

妳默默地、緩慢地吃光骨簪，吃掉月亮的光芒。

土葬

洋蔥醒來之前，我想了很久關於土葬。

那是我們創造的一個小小的，不會妨礙到任何人的，略帶著風險的儀式。我覺得很像家的原型，有自己小巧、獨立的空間，能夠留下什麼，以及日後能再回來探望這個大洞。洋蔥說，他反而覺得這個儀式太安全了，幾乎沒有任何一點風險。不會有死亡。聽他這樣講，我反而內心擔憂了起來。

我再次把手指靠近呼吸管。

有微弱的氣流。

沒有雨。

那是某次，我們去了海邊，洋蔥不小心跌進了遊客挖的沙坑，陷在沙裡。我們激起某種年少的好奇心，將洞挖得更開、更大，能容納一整個人。第一次，是我躺進去的，裡面很暗，我緊咬著唯一連通到地面上的管子。一開始很想掙扎並逃走，不過，我夢見了年幼的時候，母親洗碗時我會在她身邊，她總會挑一個故事，然後講給我聽。裡面總有一些戒條，老必死、賭必敗。那是從我們鄰居身上長出來的，攀附而活，在青苔無貓的窄巷中，聞到潮濕、腐爛的葉草。很小的時候，我便學會祈禱、交換，並且等待下一次祈禱。

向著那片巨大的落地窗之河。

模仿母親雙手合十的姿勢。

想著從來沒有出現過的父親，或是上帝公、大王、太子爺。

年幼的我會這樣想：如果今天回家時，我能看電視，打開電視的時候，一面聽著門外的動靜，一面忐忑地看著閃著亮光的魔女，一口被黏膩膩的怪物吞下，我覺得祢存在，找到家中的食物水果，放在窗戶邊，感謝今天能夠獲得快樂，不過往往後來，我會忘記它們的存在，忘記母親親手將食物全部都拾起。

母親說：「這永遠會是你的家。」年幼的我，相當地感激。心中看著落地窗外之景，行人以及對岸漸漸升高的建築藍色鷹架，什麼都不認得的工程巨大機具，隨著我漸漸長大之後，我便能理解，原來為什麼我們需要建造，因為建造了什麼，才能繼續跟所有人對話著，譬如我的母親。

而如今，我跟母親的話語，也只剩下了工作以及更多的窗外的建設。

母親感到很遺憾，當初那——麼漂亮的景色，怎麼變那麼醜。

我不忍心聽到她說醜。

便在黑暗之中，推開胸口的土，所有的感覺都隨之湧入，光芒、聲音，但是那種與母親好好談話的感覺，也一併留在身後的大空洞裡。海水湧來，在洞裡積成不流的水，並且侵蝕洞壁的應力，沙子做成的牆壁剝落，我覺得這樣也讓我很傷心。

後來，我跟洋蔥說，這樣能讓你想起家人。

在海邊，洋蔥看著滿臉沙子，對著偷偷流的眼淚與海水的我，滿不在乎地隨口說：「反正洞隨時都可以再挖，要是我，我還會待得更久。」

日首

土葬前一個月，我陪洋蔥去見他的父親。

在車站的麥當勞中，父親套著好幾件外衣，灰灰的藍牛仔色，戴著口罩，坐在沙發上，等著洋蔥。他的爸爸很擔心洋蔥，在鄰居都開著漁燈，在夜晚的港邊悄悄駛船時，隻身一人搭了五六個小時的鐵路，撥通了電話。洋蔥的父親中途幾次無聊的睡著，口渴了、餓了，找不到賣便當的台鐵小蜜蜂。好不容易在長長的日光之中，火車終於抵達地下。所以，洋蔥的父親必須教訓他的兒子。

但剛好的是，洋蔥才剛剛決定要土葬，此時他的心中，十分的混亂。

我很少看到他這個樣子。

早上，他在房間內發出了「碰」的巨響。我趕緊跑到他的門口，用力敲門問，沒事吧？他用擠壓過後，勉強發出聲音的音調，說出他沒事。我摸著門，門有些冰涼，於是提醒了他：「搬家車十一點就到囉。」

早上我問他：「回台北後，沒人會找你嗎？」

「對的，我爸還在忙，直到下個月底，他應該都在海上吧，然後準備過年，他才有時間管我。一直都這樣。媽媽人不在台北，她不會來找我。」洋蔥練習笑著說：「不過，我有和妹妹說過。你不用擔心我。」

後來，打電話給他的妹妹時，她只是說。

她不記得有這件事。

我們坐在狹小的轎車裡面，那是母親在台南的朋友，她有一個也是做土木的老公，跟我和洋蔥一樣，然而對她不太好，更應該說，是那種注意力不在自己妻子身上的男人，我也不太明白，那他都在關心什麼。不過好處是，她的兒子相當的疼愛她，阿姨自己也相當的能幹，能夠順手照顧朋友的孩子。

車子一上了高速公路，眾人便沉默了下來。

我感到相當羞愧。

因為我並沒有那個能力，讓車內的氣氛保持愉快，照理講，應該是我的責任才對。阿姨從國道一號，轉至國道八號，天空相當地高，雲都很遠，均勻的讓土壤受熱，她開口問了：「啊，你回家有什麼打算嗎？」她應該是指，我要怎麼跟我母親講。

「回家後——，不知道耶。」我遲疑了相當久。

「不知道啊？」

「嗯。」我說。

「回去要多關心她，好嗎？」阿姨說。

我並沒有像平常一樣感到厭煩，或是遲疑。

相反地，坐在阿姨的車上，卻無法回答關於她想知道母親的事情，我感覺我的研究生涯，離開母親的日子裡，沒有任何長進。我看著很遠的雲朵，逐漸變得很近、很近，夾道的山越來越多，偶爾車速慢了下來，不過最後還是到達了多雲、濕熱的台北。

那天下午的天氣，就像燜在臭爛的濕泥土中。

洋蔥跟他的父親，如潰敗的士兵，並排坐著。

裡面有點濕，從土裡長出的馬鈴薯薯條，洋蔥的父親一動都沒有動過。只是看著，看著他說出來的話，洋蔥對著前面的番茄醬說話，沒看著父親，不過父親也是看著番茄醬。

「你的爸爸要來，那你該跟他說什麼？」

「跟他坦承吧？」

洋蔥說。

洋蔥的父親聽著他描述自己模樣，並同與記憶中的孩子相互磨合，不過，洋蔥描述的很痛，痛的方式太複雜，對洋蔥的父親來講，在那個簡單顏色的年代，兒子的生活充滿了對立的、不調和的想法。他知道，他已經快要聽完兒子的一生了，這一生也要結束了。

最後父親仍然打斷了他。父親說：你一定得這樣思考嗎？不能設身處地想想其他人嗎——洋蔥記起從土葬結束後，全身細胞剛被喚醒的饑渴，陽光太亮，似乎自己只屬於地下。

他哭喪地說，不能就相信我嗎？我會找房子，好好生活，我會做給你看。

父親非常生氣，像是這輩子第一次憤怒。

原本一開始，他打算說一些簡單的東西。

不責備、不說教。

但是。

這些話語都化為一個很長很長，無從校正的一次航行。他說：

「你說你做得到，在我這邊看來，就是沒有。

你自己沒有中心思想，所以才會一直混日子。你自己想想，我該給的都給了。學費？給了。生活費？給了。你要研究所，我也給你了。現在呢？換你做給我看。我跟你需、需要什麼了嗎？沒吧？只是想要你正常一點，要求不會過分吧。你自己想想，你花費了多少的心力、多少的時間。每天像個無頭蒼蠅，你要我怎麼相信你正常？你要證明你真的正常啊。

我知道你真正打拚了——但是，你、你知道什麼是『竭盡全力』嗎？以前我爸都不會對我說這麼多，他只會打人，做錯也打、心情不好也打。你阿嬤也會被連累到，所以她才會這麼早走。你阿嬤走了之後，我那時還很小、很矮，在你叔叔們當中，都被欺負得很慘。阿公什麼都不說，只會抓著我的頭兩邊，把我的頭拉高，然後脫下我的褲子，捏我的雞雞，說為什麼都還沒長大。他根本不會表達，他的表達就是罵人。

你阿公生氣，會叫他的兒子跪成一排。

但我知道，時代不一樣了。跪在那邊，也不會有什麼改變。你爸爸我已經很開明了，比起他們，我並沒有虧待你半分。（洋蔥的父親看穿兒子的眼底）（低頭不語）看著我。你說看看，我哪裡做錯了？（沒有）為什麼沒有？那你為什麼會這樣？你不需要我把你的褲子脫掉吧，我也知道你長大了。我很少對你說這些，別的爸爸也不、不會說這些給兒子聽，但我得要扮演很多角色耶。我們並不是一般的家庭，說過很多次吧。

（洋蔥的父親喝了一口可樂）

我老了。坐在火車上，很累，卻不敢睡覺，我怕我坐過站，車廂又很臭、很吵。但你妹妹每天忍受車上這些東西，卻還是表現得很好。我問她會不會累，她有次跟我說一句話，我覺得很有道理，就是『家永遠是家』，沒錯，我也永遠是你爸，你也永遠是我兒子，你也得要永遠照顧你妹妹。她現在就很棒，雖然人在花蓮，但是還是會賴我，給我一通電話。一個爸爸兼媽媽，是多麼困難的一件事你知道嗎？別人家庭只要做一件的努力，我要做兩件，我有讓你感覺不到媽媽的溫暖嗎？（沒有）沒有，沒有你為什麼表現這個樣子？（沉默後，洋蔥說：沒有）那你可以做給我看嗎？證明你妹妹說的是對的嗎？」

父親對兒子說，「你從未在乎過我們。」

「你真的要長大，好好的長大，真正的長大。長大的定義你懂嗎？就是、就是……。」後來，妻子的離開，使他得成為母親。

駛到盡頭時，他發現洋蔥累了。

兒子搓著桌上的巾紙，捏出無數顆紙球，有的在番茄醬裡，有的濕濕、水水的。然後他不曉得目的地在哪，也不知道是否應該離開，回去將船駛出漁港。我實在有些聽不下去，有點太超過我能承受的，我想，做為兒子，洋蔥應該比較能夠忍受一點吧，但再聽下去，恐慌就要跑出來了。不過，我也為洋蔥代禱，也許通訊、網路失聯的時候，洋蔥的父親會好好想想，就像今天陽光照著車廂的時候，他也想著洋蔥。

我並沒有讓洋蔥的父親發現我，便悄悄的走出麥當勞。

我嘗試想著，如果我是洋蔥，該如何說服父親。

還是太複雜了。

對面二樓的肉亭、星巴克，看得見模糊的進食中的家庭。我想起我的母親，父親下跪求著她，求著她讓他出家後，對著她說：「感恩大德。」留下很多很多的空間，在家裡空出來了。我都沒有再去看那裡，也許會有幽靈。

後來，為了活著，母親拿著學生時期的證照，當餐廳出納收帳。

也是在那時候，認識了台南的阿姨。

老闆也會叫她幫忙場外的事情，她就做。

她會用真正謙卑的方式，幫所有客人點餐。如同祭拜一樣，尊敬土地公、大王、上帝公，大家就和樂融融地相處，彼此不相犯。母親也養成習慣尊敬起一切，家庭、兒子、丈夫。有時候，我們彼此都難得空閒的時候，都會忘記曾經有親暱的感覺，大部分都坐在沙發看電視，或者散步，對著鏡頭笑。有時候，我覺得我們太崇敬這一切。

洋蔥的父親離開後，我和洋蔥去領腳踏車，看看兩天後的土葬地點。

我們活得就像，無所憂慮的人。

負擔尚未形變，但一切似乎就要開裂，應力增加降伏。穿梭在行人道上，洋蔥偶爾將手放開，而我思考關於洋蔥失去母親的過去，恣意想像他的人生。我們聊起了這裡的房價，過了橋，比較便宜些。橋上展擴了一片河原，今日陽光太熱，卻又將些陰濕、深埋土中的有機質，注入了養分。讓他們增臭、擴張。有些雨下過的，都會變成嶄新，或是逐漸成為某個灰色中的原塊，收納在狹仄、住著野貓的青苔窄巷。

沿河，可以到任何一處。路的盡頭，就是一座橋。

「怎麼有人躺在河上？」洋蔥瞇著眼，指著沙洲上的模糊的人影。

「不，他在移動。」我們趴在橋緣骨鋼上，後來，經過我的善意的提醒，洋蔥還是打了一通電話，打給他的父親。雖然，洋蔥連第一句話都無法好好地控制聲音，聽起來有點像哭，問了他的父親說：「你還好嗎？」我為他感到擔心，他是否能夠好好的，用完整的句子表達完整的意思。

那個緩緩乘著保麗龍的人，帶著釣竿回到了岸上。

後來，洋蔥只是低著頭，對著電話，一直說沒有、沒有。

豢養

其實，洋蔥的故事裡，很多部分是假的。

我不得不開始我的謊言，儘管我不願意對母親這樣做。但我害怕說出真話之後，更得要下定決心，說出更多謊話。如果母親問起，我會說，我和洋蔥正在吃飯，並且將手機裡豐盛的菜色，傳給母親安心。然後會說，今晚會早睡，明日還有工作，便早早睡去。有時，我真以為洋蔥在我旁邊睡著，直到踩到地板的棉被，誤以為他仍在那裡。

雖然只是暫時離開一個多月。

其實從未回去。

來到台北之後，我們兩個人都沒有找什麼工作，畢竟研究生時期攢的家教費，非常夠用，甚至家教需求多到我們接應不暇，還分出去，讓學弟妹們至今都對我們心懷感激。儘管沒在系上留下什麼，但是還是有很多孩子的母親，會說起我們兩人的名字，問著：「那兩個喜歡吃水果的男孩呢？」

我帶著洋蔥回到了溪州舊居。

展開我們原定說的兩件事，沒有先後，土葬以及跑破世界紀錄。

那是我父母的第一間房子。陽光公園旁邊，假日有許多天真臉龐的孩子，以及高大的狗，彼此追逐著。偶爾闖入一個窄窄的水泥道，路旁種著雜亂的樹，上面還掛著破布骯髒，盡頭是略歪的阻車欄，出了那裡就能看到綠色的、灰色的，以及黑色的拆除以及建設併雜所在。那便是我家。母親懷孕後，獨自搬離那邊。後來在母親的談話中，幼年的我在微小的線索裡，才知道那嶄新的陽光公園，其實是拆部落建家園而來。也才知道，舊家應該稱呼為溪州。

真正的名字，到大學才擁有。

母親說，你的父親離開了，但國家給他改名的機會，儘管沒有因果，但是你想姓什麼，你也可以改你想要的。我那時候驚恐無比，不知道自己除了叫做陳，還能叫什麼別的。花了母親煮一段飯的時間之後，我才說，那不然跟媽媽一起姓。媽媽說：你搞錯了，媽媽也姓陳啊，這樣沒有跟我姓。我明白母親誤會了什麼，但我害怕說明。

母親說：「你可能不懂，對於一個想要努力的人，新的名字是多麼重要。」吃完飯之後，我們坐在餐桌上聊了很久很久，大部分是母親在說話，談著父親以及養育我的過程，講某次躲債的時候，那時我們還小，外面有人敲門，她就把所有的燈都關了，安靜到早晨，才慢慢地開門。後來，她才知道，討的是前房客，向她討債的還沒來，再等等，母親笑哈哈的說，好不好笑。大部分都聽過，直到我們都累了，聽見樓下嬰兒的哭聲，母親才開始洗碗。

我那時很害怕，大多時候，我嘗試想要讓自己融入母親的故事中。

但母親討厭那些裝憂鬱、裝可憐的、沒目標的人。

所以我不得不一直撒一些無關緊要的謊，像是，當我說起我們都跟家教的媽媽們處得很好時，母親便會問：「那你們有送禮給她們嗎？人家這麼照顧你們。」我便會說，有，我們有。事實上，我只是領了他們的錢，定期出作業，檢討大考小考而已，換作是別人，也只是這樣罷了。但我會說謊，這種小小的謊，撒在洋蔥身上特別多，畢竟我難以跟母親透露，洋蔥是一個很奇怪的人，只好把他塑造成家庭健全、很乖很乖的朋友。

不過他不是。

讀研究所的時候。

洋蔥跟我說：「能自己取名，這不是很屌嗎？」

他一定找有趣的名字來取。古達、玻爾多、沙利萬、洋蔥騎士，他玩著遊戲，一邊和我說話，一邊回應直播裡的觀眾。觀眾們一直刷叫他洋蔥，叫他洋蔥。我也在一旁用手機，在聊天室裡回應觀眾，幹，才不會取這種名字好嗎。最後他接受了，而儘管他的觀眾其實也才寥寥數十人，他都能一一記住他們名字，是那種小眾主播的命運，緊密而難以割捨，最終消失的就是無盡的時光。

不過。

我其實私底下，在心裡偷偷叫他洋蔥。

他不胖得像洋蔥，只是看起來滑滑的，他的手很白，而且看起來很好摸，但我從來不敢摸，遊戲裡的洋蔥騎士，就是戴了個洋蔥造型的頭盔。

在學生生涯的最後一晚，硬拉著我跟他去看海，他直播，太陽下山後，實在太暗了，觀眾也只剩下我手機的那一位時，他對我說：「省些電吧，還得騎回去呢。」他從消波塊的縫隙裡扯出漂流木，我問他要幹嘛，他說，點燃營火，遊戲中救命的營火，這樣晚上才有光。

看著他收集木枝，我說：「你火點得起來，我就請你吃飯。」

天色暗了之後，他拿出口袋裡所有紙屑、發票，他的錢包一直都鼓脹脹地，撐開了整個構造，像是一顆棕色水餃，現在他把發票都塞入木材底下，打火機點了幾次，用手努力圍起肉牆，阻擋海風。火點燃了。

用發票不算，我說。

他直播到手機沒電。

我跟他有一搭沒一搭的說話，聊聊昨晚遊戲裡的那幾次死亡，因為他正在挑戰快速通關，顧名思義，就是把數百個小時的遊戲，挑戰在最短時間內通關，那是得記下所有小時內條件與手指反應的極限運動，起初，他說都是因為練習不夠，我說：「你練習幾百次了，你還沒考碩士班的時候也在那邊老馬了，兩年過去了，也沒有進步啊。」

「幹，我覺得那邊是我的心魔。」

「我覺得你該試看看別的方法了。」

「有什麼方法？」

「我是指，心態上。」我聳聳肩。

他嘆了氣。

這遊戲把一切都設定得太難，沒有任何難度選項，沒有地圖，沒有指示。死去之後，一切從頭開始。找到營火就能繼續推進，如果沒有，就是不停地死去重來。不過奇妙的是，當熟悉所有的路線、熟悉所有的事件，那麼節省時間就是一切成就感的來源，起初是一百二十個小時，再來是五小時、兩小時、一小時，最終能夠在這個遊戲史上留下名字。

快速通關。

因此，大學時期後半的生涯，我們都著迷在這款遊戲，或者說，研究如何節省時間，儘管我們花了更多時間。

黑暗靈魂。

我把臉靠在膝蓋上，聽著他講話。

一切過分安靜了。

不知道幾個潮汐的轉換之後，水面上有月光，聲音很細緻。我思考著洋蔥的人生，將他的過去壓磨成明日某種想望，我讓洋蔥叫著我的舊名，希望他以後就叫我的舊名就好。一部分的人，某些在這個時候，能夠知道舊的我。雖然，我不確定，能不能好好取新的名字，承認這代表新的我，也許是有風險的。洋蔥說，好我知道了，那你舊的綽號還是不變嗎？阿名。我說，不變，還是一樣。那天海面上緩緩經過一艘很大很大的船，但是船上沒有開漁燈，像是堆送著海浪的機具，當下我有一種神祕的直覺，說不定我所學的波浪生成理論都是假的，一定是人類發明了船才有了海浪，這些海浪群都是被製造的。

也許洋蔥的父親曾在上面，製造海浪。

但我們卻任性地忘記了。

將自己虛妄的夢堆在沙灘上。

很晚的時候，我們將一里內的木頭點燃，燒盡了沙灘內的漂流木，清晨尚未到來，空氣瀰漫著植物將要甦生的味道，我和洋蔥將一座一座遊客堆好的沙堡，慢慢推倒。洋蔥盡心地踩著，確實將所有不平的凹凸踩平，一面躲著海的泡沫。

洋蔥說，最後總得結束的，四十分鐘大概就是這遊戲的極限了，況且，大概再兩年後也沒有人記得這遊戲了。他尚未決定是什麼時候，我和他說：「沒關係。如果可以，你得要讓更多人記得你的名字。」

後來我親眼目睹了他結束旅程的時刻。

儘管突兀，這也讓我一直思考著我尚未出生之前，母親是如何活著。為什麼存在差異。

我像個久居他國的士兵，誤根他鄉後，突然被徵召回國。母親驚訝於我為何仍未擁有自己的名字，她問，小孩，你有什麼困難嗎，需不需要媽媽幫你？我內心受到了折損，想要告訴她關於洋蔥、關於夢想的片段。但我不知道如何描述，才不會將洋蔥描述成一個，不停死去重來的人，我說：「沒有，沒有，我沒事，妳不要再擔心了好嗎？」很久之後，我才明白，我恰好用最精確的方式，描述了母親心中最深層的擔憂。

搬入溪州那日。我和洋蔥約在橋口，看著人們釣魚。

拿著蛙鏡以及土鍬。

關於為什麼存在差異。

或許要從更久遠的地方開始說。在我們倆有著學生身分，藉由父母的壽命，保全我們的夢想時，我們便意識到了一件事，總有一天，要推倒這些沙堡。洋蔥的父親，是一個很舊很舊的人，但是他很愛洋蔥，也很愛他的女兒。所以洋蔥不能愧對家人，不能妄自的將妹妹變成孤身的一個人，讓她獨自面對父親。

從很早之前，我們就已經聚在一起討論，如何讓他們感到愛。

我會定時地將照片寄給母親，告訴她我有準時吃飯，並且拍一張便當的照片給她。洋蔥則是回家時，便會努力記憶起祖父，跟父親聊聊祖父、聊聊父親。我們說，共同養了一隻小貓，並且在家裡的群組裡面，傳送許多可愛的、小貓嗚嗚叫的影片。儘管他們都反對過，但是最後，也總是先問起那隻貓。

真的有隻貓。

養育著什麼好像讓我們看起來有責任。

有一次，小貓到處跳著，伸出小爪，爬上紗窗。

我和洋蔥費了很大的勁，才把牠好好的安在床上。我們躺在床角，對著小貓咪說話：「我們畢業妳要去哪裡？」話剛說完，那時候我們突然驚覺，才知道終究得要拋棄這個責任，去承接下一個。

後來，小貓就送給一個囤貓的學妹，儘管如此，後續的每一天，我們仍有好好報告小貓的生長狀態，直到小貓的生死再也不重要。母親為此還很感動地說過，當她是小孩子的時候，養過一隻小白狗。

有時候，我會想起我們的貓。

口試結束。

那時是最後一個月。

我幫他將宿舍的器材整理，他跟父親告知，他還需要準備最後一件事情，需要一個月，請他不用擔心，我則是請阿姨搬家，並且繼續撒小謊，跟她說，「我要住朋友那邊，還沒有要回家啦。」不過，回到台北的那日，洋蔥的父親最終還是識破了他的謊言，憂心忡忡地來找洋蔥。那個時候，洋蔥處於一個精神、身體很虛弱的狀況，久違的見到父親，他害怕地哭了。我沒有看到，但他在廁所裡，待了很久很久，都沒有聽到沖水的聲音。

所以我們知道終點，但從何時開始倒數，是一個問題。洋蔥漸漸縮短直播的次數。

那天，剛到台北的我們，四處茫茫，我們從河邊回來，我們離開麥當勞之後，就一直四處亂騎，說真的，夜晚的都市真的相當恐怖，在陰暗的角落都會窺見不該看見的，因此我們只敢沿著河岸走，儘管沒有路燈，但是有月光。路上早晨剛亮，店家看起來非常的稀疏，陽光不足，灰濛濛的，忘了是在哪裡，他說，他希望能夠土葬，因為火葬看起來很燙。我說，不會感覺到的。他回應我：「誰知道呢。」

後來，我才知道，他就只是想講一個漫畫裡的笑話。

我們的責任有時很重，但時間過去後，又好像從未承擔什麼過。

我們發現。

再這樣下去什麼都會留不住的。

大包小包的東西，我們騎著二手買來的機車，雙載著騎入陰濕的溪州。溪州是一個小山坡，被公園擠壓著，失去自己故鄉的住民來到這裡，建造一切，周錫瑋趕不走，但也生存得四平八穩，舊房子的鄰居我一個都不認識，因此我又撒謊說：「我們是來租的，政大的。」

他們說著自己的族語混合中文聊著，我們從未聽懂過。

我們在溪州待了一個月。

後來的日子，我看見他時，他都在練習。儘管沒有地圖，但是所有物件的秒數、重生的時間、下個動作的機率，他都已經越來越精熟了，至此，我也逐漸忘記這個遊戲的其他部分，儘管我們都沉迷過，但是遺忘漫畫或是劇情的情節，似乎是人類被設計的特色。我和他見面時，就是一起吃飯，然後看他打個兩把。

有時候，就只差一點了。

「不行，死了。」洋蔥說。

然後他會閉目，說一些喪氣的話。我會幫他分析哪邊做不好，但大部分的時候，他往往陷入職業選手比賽後的沉默。目光渙散，一言不發地，找一些重複的動作，藉此從高壓中回歸。有時候我會找他去跑步，社區裡的孩子已經坐在餐桌上，聽著母親的聲音吃晚餐，有晚餐的味道。我們看過太早吃點心的老人，或是無所去處的高中生，一起跑著操場。偶爾在溜滑梯裡面，看到哭著講電話，別過臉的女生。

其實只差幾分鐘而已，我說。

「一秒在遊戲中，有六十個畫面的，可以做兩三個判斷。」洋蔥說。「所以那是巨大的差距。」

藉由某些時候刻意的死亡，能夠快速的讀取下一張地圖，登出、使用Bug都是一種手段。但就是這樣，輕易的造成死亡，就會讓人判斷力下降，有些人會用後台去除死亡的音效，那令人分心。後撤步兩次就是電梯下降的時間、背刺會增加掉落機率。很多時候，它不僅是練習機制，更是機率奇蹟。每一種王會配四種以上的攻擊模式，等待最容易、快速的攻擊到來，就是跑者的幸運。

最好的隨機性。

結果洋蔥看起來真的是一直反覆死去重來了。

有時候他拿到四十分鐘以下的紀錄後，便會呼呼大睡。

一開始，我們會慶祝拿到這個紀錄。

去商店買酒來喝，玩玩別的遊戲，或是一起看個影集。

我們都會選擇有好結局的電影。

有魔法、努力以及閃閃發光的眼睛。

不過到後來，他經常顯著惶惶不安，一直都表現得更不穩定，整個人也變得焦慮起來，也許是一直無法突破目前的紀錄吧。觀眾人數一直不多的他，常常講著自己的事情，我也算是他的老觀眾之一，我們的直播間裡面一直維持著低迷的人數，然而，想改善也改善不了，畢竟，這種「觀看」本來就是稀少的。

因此，觀眾也略微知道「土葬」。

那是我們兩個人創造的，簡單、小小的儀式。

一如我不曾去過教堂、教會。但是在洋蔥即將進入三十分鐘的生死線時，我也會替他代禱，那是母親的朋友，某次在幼兒園為大家說故事時，教大家的方法，她說：「上帝給我們考驗，而我們要迎刃而解。」她的代禱是這樣，需要祝福的人會請旁邊的小朋友雙手交叉，低著頭，本人也會雙手交叉握著，接著像是交付什麼一樣，祕訣是，想像手心裡面有珍貴的火焰，不能被風吹滅。

土葬也是這樣。

我們癡迷於創造一些，無害的、不會妨礙任何人的儀式。這是什麼樣的癖好，我們其實也沒有搞懂過，倒不如說，這是一種對自我認同不造成影響，有趣卻神聖，能夠洗淨自己心中的興趣。從一開始的代禱、創造虛構的神的誕生日，或者說最日常的，漫無目的騎車找吃的，我們也會擲硬幣，或抽籤。應該說，我們相當的迷信，但也可以說，這是我和洋蔥相處的特質。

這東西其實滿本質的。

「我發現一個祕密。」有一天他神祕兮兮地說。

「什麼？」我問。

土葬有點像是極限運動。

有一點點風險，但是能夠承受。如果小心注意的話，並不會有什麼多大的危害。我們會準備好體溫計、心率手環，在外面的那個人，就負責監測，壓在土裡面的人就好好呼吸就好。洋蔥早早就分析出來土葬的可能性，大概一個人最多可以待在土裡面多久，又經過良好的訓練的話，那麼最久的土葬是幾天？

我們一致認為，土葬超過一小時，腦中會開始有適應的反應。

在那之前，得先克服身體的恐懼。

因為眼睛適應了黑暗，腦中也產生了褪黑的感覺，若是在那之前，也可以喝一點小酒，不要喝太多，大概是有點感覺的程度就可以，有一次我喝得太醉，差點真的忘記怎麼呼吸，要不是洋蔥在外面觀察空氣進出，不然我就真的死了。

有一天，洋蔥就是把土葬跟突破世界紀錄綁在一塊了。

怎麼樣也說不聽。

他認為自己要先奉獻點什麼。「不然呢？不然我就被困住了。」他說。

「你確定要這樣？」

「我不知道。」他說，「但我確實計劃很久。」

對於挑戰者來說，最好打出知名度的順序，不是突破世界紀錄，而是「持續地」突破世界紀錄，這才算能夠被所有人記得，這很奇妙，因為突破這件事情在這個圈子裡面其實很常見，我擔憂地想。

他自己也說過：「我覺得我不夠有天分。」

「是嗎？」我說，「是天分嗎？」

「不然呢？」

說「天分」也很奇怪，因為這件事情，其實也可以透過大量的練習完成，我認為，這個應該更接近類似運氣、禪宗、修行之類的概念。像是我看過的一門佛書，裡面提到了他經歷了眾多苦難，生命一度給他希望、愛情或是家人，不過他到後來全都看懂了。啊，就是無常。所以他看著河水，一滴水就是河水，河水就是一滴水。

我認為洋蔥沒有辦法達到這樣。

又要有天賦、又要有奉獻，接著又還要什麼，才能拿到想要的東西？

有些人能夠在一天內，突破數次知名遊戲的世界紀錄。

更細緻一點的來說，他被設計得太人性了。

不過，那時我沒有意識到，他所謂的土葬，其實也是更接近「河水」本質的東西。

我以為，洋蔥就只是點火，燒掉點什麼，接著開始祈禱而已。

他需要睡眠的時間越來越長，醒來都是三四天之後了。有時候我進他房門，裡面空氣混濁，洋蔥沒有聲音地睡著，我擔憂地看他。離去時仍在思考，要如何重新記得洋蔥，或是寫下關於他的一切。

我發現，照顧洋蔥，是抵抗一個溫柔的東西。

變冷的時候，我們煮火鍋。加著高麗菜、香菇、冬粉。溪州的居民有些開始咳嗽，或是在半夜時，偷偷燃燒塑膠的東西，很臭，那種臭是蓋過污垢、污水的那種臭。早上，我會一一和孩子們打招呼，看著他們的母親，騎著電動車送他們上學。到處堆著木材、合板。我看過一輛工程麵包車，車門被卸下，裡面塞著塑膠盒、鮮豔的顏色紙箱、黑色塑膠袋。

大部分的建築物都是鐵皮的綠色，有時候是橘紅的。

大家都在燒金紙時，我會到溪州的保安宮拜一下。

舊家的東西，我們大部分都沒有動，有些地方我甚至沒去過。

洋蔥說，再不能突破世界紀錄，他要用「最後的方法了」。

土葬三天。

我同意。

那是危險的邊界，所有的前置作業做完之後，只能無盡的等待，用手機接測他身上的健康手環心跳、血壓等等。那一定超級無聊，又超級久，我能夠想像因為土葬了三天，那充滿污穢的墓穴，到底會多糟。但我大概明白，嗯，這就是奉獻，那我是不是也要奉獻點什麼呢，我也土葬，或許能想到我的名字，該取做什麼。

然而這些都沒有說出來。

我和洋蔥說好，土葬之後，我要回家兩三天，看看母親。

因為那些時間都是洋蔥的了嘛，我在這個儀式擔任什麼部分呢？把土蓋上，收拾好後續的東西，頂多就是好好地看呼吸管有沒有運作，不過我們也想好改良的方法了，他是絕對不會死的。

我也想過是不是自己缺少關鍵的東西，我能夠同理他人、能夠愛人、能夠對最孤僻的心態產生包容。但是在陪伴洋蔥這件事情上，缺少動機，非常格格不入，說也奇怪，為什麼洋蔥說要土葬了，我才開始考慮自己的事情呢？為什麼？

也許少了幾秒。

洋蔥說：「那沒關係，之後你再開車來看我就好，我會帶著手機方便聯絡。」

「嗯，抱歉啦。」

就這樣說好了。不過好像什麼也都沒說好耶，我納悶。

我們保持不會對這個地方產生留戀的使用方式。

有一次，我們散步到附近，看到隱藏在樹下，有一條鐵梯，直直的建在鐵皮上，我們生起好奇心，撥開樹下的蜘蛛網，偷偷踩上去一看。是一大片資源回收場，但是廢棄合板、混凝土沒有價值地堆滿了地上，一堆接著一堆，像是小山。一輛生鏽的藍色發財車，面對梯子停著，後面則是一台略歪的黃色怪手，捲曲的彎著。那是這裡建築的最終去處，可能蓋得不好、醜了，或是需要配合改建，也就是某個突然能夠拉垮混凝土的理由。幾乎所有房子都會囤著木材建物，在不停增建、拆除中，通通都留在這裡，因此鐵門索性鎖上，只能透過這側遠遠地看著。

而我們看見，有個精緻的木紋擺飾，被掩蓋在很巧妙的位置。

「在那裡多久了呢？」洋蔥問。

「偷偷藏在這裡，也不會被發現吧。只是怕不小心忘記了。」

「說到藏，你知道觸發洋蔥故事線的條件嗎？」洋蔥突然這樣說。

「兩三年前好像有通一次，但是忘記了，兩三年前欸。」

「你也太善忘了。」他說。

「不然怎麼觸發？」我問。

「要在電梯夾層發現他以及去井裡救他，不能先進入地下墓室，找鑰匙，不然他就會不見，不見太令人起疑了啊，而且他又那麼有人氣。」他說，「所以不管藏得怎麼樣，總有玩家會發現的。」

陽光

大約是月中吧，我不小心生了一場病。

病中我看見溪州那爬滿電線桿、茂盛的攀藤類植物，都會莫名地感覺到惡寒。裡面也許棄置了什麼，我深深那樣覺得。洋蔥買了一盆火盆，打算去除屋內寒冷的濕氣，讓屋子更乾燥一點。我讓他不用管我，吃點西藥就會好，他說：「偶爾照顧老媽子。」

我向他表達感謝，像是不小心得到恩惠那樣，有些害羞。

洋蔥生起火，用我們兩個一起去商店買的木炭。這樣不會使人起疑。

下午太陽快要落下時，隱約遠處鐵皮屋的歌聲，格外清楚。

木炭猛烈燃燒時，會有很大的霹裂聲，但此時，屋子裡面非常的空曠。起身做點事，但感到一種無力。我想要睡著，但無法睡著，火盆離得太遠，空氣裡似乎還有著樹葉下的露水。這裡離河太近，卻又建得不夠高。昏昏地醒來又睡著，再次醒來時，我聽見了洋蔥遊戲的聲音，有點刺耳，難以入眠。

我想像母親生病時，做過什麼事。

不過最後什麼也記不起來。

只記得她默默從我床邊走過的聲音，腳步的速度。

那段時間，看見孩子時，都會過分的注視。就像看到電影的某種安靜的、魔幻的時刻。但幾乎村裡的、公園的孩子，都會讓我突然停下腳步。大部分的時候，我都在思考他們是如何活著，有時候，會擔心孩子的安危。但那個時候，他們的母親通常會好好地牽著他們。

因此我不禁擔心他們要怎麼度過，以後的時光。

像是植物那樣。

後來，洋蔥也會開始做一些事情，他把煮完食物的包裝紙、垃圾，分類在一起，花上半天騎摩托車，丟入公共的子母車，省下一筆買垃圾袋的錢。我說，平常我也沒事，在這裡也是閒著，這種浪費時間的事我來做就好了。

「透透氣而已，不會浪費時間啦。」

「不做點事，一個月這樣也虛耗啊。」

「你是太撐了才會生病。」洋蔥說。我其實也跟洋蔥討論過關於暫居、躲藏的生活，不過他總是不是很在乎地，跟我說，這個階段結束後就會回家了，在那麼長的生命中，只是暫時借出一個月。他會在家裡，研究書本上的海浪，考上水利技師，或是三等公務員。在我們準備研究所時，曾經熬夜到胃潰瘍。那時候，每天要喝下一瓶胃乳，黏稠、無味無臭，就像吞下融化的塑膠，所以其實這也不算什麼，稍微偏出去了一點點，我們似乎都還在航道上。

「我想通了，我其實也缺乏意志呢。」

「這就是你想要挑戰土葬整天的原因嗎？」我問。

他搖搖頭，笑了，「不是的。」

「那，為什麼呢？」

「很難跟你說明白耶。」他說，「應該是，我覺得那樣才會真的讓我反省吧。反省就是好好思考，但是如果思考必須要有結果，並且要求要變得更好，我覺得，我想只剩下土葬了。」

「所以——，也許會什麼都想不到？」

「是啊。」

「但我就是缺乏意志做這個。」他說。「這是已經要做的事情了，土葬。」

胃潰瘍時，吃飯都會想嘔吐，不過也因此這樣，我和洋蔥才順利升學。那時我們知道，如果生病了或感到痛苦，那一定是在前進。緩慢地，像是河中的人。

生病後，我偷偷接受了這裡。

意外的我會照料植物。或許是這裡濕氣水氣重，植物都蔓生到路邊，只有陽光公園整齊的，把雜草修成相同高度。這裡的植物常常因為傾倒廢物，而得到滋潤，它們沒有邊際的生長。我們去拜拜時，曾經看到有人在燒樹枝，不知道是為了什麼，在自己的前院生起火，把塑膠袋、包裝盒、枯枝，都不分青紅皂白地燒掉。

下午的河邊，總會聞到一股燃燒東西的味道。

有時候是很重的塑膠臭味。

洋蔥聞到，不小心也生了病。

我買了廁所芳香劑，放在床邊，以及把窗戶都貼上膠帶。

他會從惡夢中醒來，身上披著被子，看著螢幕，一語不發。十分鐘後，螢幕畫面轉為藍色，不久變成黑色。他會搓著手，用手指點著滑鼠，瀏覽著網頁，大多時候是同屆的朋友，參加研討會，或是出野外。有時候他會看我在記錄什麼，不過往往沒看到幾行字，因為我也都在心中就刪掉那些話，不重要，並沒有任何需要留下來的必要。大部分是一整天的練習時間、休息時間的分配，很偶爾的時候，我會寫下待買清單。

我想。

我們彼此也都努力的執行思考吧。

有一次，在他迷糊之際，喃喃自語地說著，不是這個地方，根本就沒用，沒用，但下一秒卻好像什麼都沒說過。也許他沒有發現自己已經講出口了。我開始思考，任何母親鼓勵孩子的話語，如果我是洋蔥的父親又會說些什麼，能夠將兒子拉上岸的話語。不過，無論如何，我怎麼努力，都沒辦法想出來。

我暫時離開那，想要去把炭再買回來。

起了火，就會溫暖許多了吧。

路上孩子穿著棉衣，並且成群的聊天。

我好奇他們究竟是如何被培育成為有夢想的人，何時注意到夢想沒什麼了不起，何時才會創造自己的儀式，並且理所當然地活著。

進到便利超商，才發現炭沒有重新補貨。

但我看到一個很像洋蔥父親的人，坐在超商的座位上，用擴音大聲地對話，電話裡與另一個父親在談關於孩子的未來。因為鮮少與他人談論自己的孩子，那位父親生疏地，發現自己難以描述自己孩子的樣貌，於是，他只好問電話裡那位，孩子年紀尚小的父親說：「老陳，如果你的小孩想要成為那種吃不飽的歌手，你要怎麼辦？」

電話那頭遲疑，但也迅速地說。

另一個父親說：「只要成為最棒的不就可以了嗎？」

一路上我想，我一直在想，這是否就是洋蔥父親的真話。

也許這就是我沒聽到的後半。

那日，我頂著病剛好的身體，騎著車，車子是借來的，不知道為什麼，就是那一整天，特別地有罪惡感，像是突然被啟發一樣，我有點難以抵抗這種突如其來的感覺，因為那會讓我有些不知所措。平常，我認為自己是很冷靜的人，像是土葬、像是代禱、像是生火等等，然而，那天有隱隱的罪惡感，以及燠熱的天氣，讓我忍不住回到自己的家。

我把車子停了老遠，低著頭走了一整段路。

停滿騎樓的機車，四處可見的狗屎。

我想，我記起來了。

無論如何都會讓人記起來。我躲在社區的大鐵門前面，看看是不是我認識的警衛，穿著綠色制服的警衛四處張望著，不認識，應該是新來的，我泰然自若地走進去，報上了自己的戶名，他沒有攔住我。儘管有數個不同的號碼，從二十二號、二十四號、二十六號、二十八號、三十號、三十二號，各自有自己不同的電梯，但是沒有任何遲疑，我彎入二十六號電梯旁邊，裡面傳來涼涼的風，地下室貓屎的臭味道，微微飄上來了。門打開了，我看見鏡子中的自己，面容模糊，依然沒有我記憶中的那麼清晰。

我以為，我自己把自己想得很透。

門打開了。

沒有母親。

鐵門緊閉，我看到地上的鞋子，女鞋花邊，安分地放在鞋櫃。摸出了鑰匙，熱熱的，便插進了鑰匙孔裡面，發出了咖叱的聲音，小時候聽到這個聲音，我便會四處逃竄，把一切都藏好，包括祈禱。

裡面沒有逃竄的我。

倒是有個男人，看起來吃驚的樣子，仔細看他的年紀也不大，大概是大學生吧。突然打開門，他露出了不知所措，也不知道要說什麼的表情。我張開口想說些什麼，白癡啊你是誰，電視發出聲音，眾人的笑聲，他急忙關小聲。

「嗨阿名哥。」他說。

「你認識我？」我有些吃驚，還是叫我舊的名字。但老實說，我也還沒給自己新的名字，想想也是，沒什麼好驚訝的。然而，一進門，我便感覺光線有些不對，那是一個入口，巨大的鐵架、水泥、吊車，以及工人們在上方不停走動著，恰正對著我，正對著我家面前的巨大落地窗。

「靠，那是什麼——？」

「捷運吧。」男生說。

「阿名哥，你不記得我嗎？」他接著說。

你是誰？我感覺他長得有點像過去的自己，清瘦，有些天真的表情，但卻有種在這裡的自信。他住這嗎？我似乎想起來，母親曾說過，台南阿姨的孩子考上了台北的大學。眼睛的部分有點像他的母親，我想。電視沒有關，裡面播著《康熙來了》，但我記得家裡沒有第四台，仔細看，原來是他用手機接出去的。

自在的孩子。

我想起來他了，「你是阿達吧。小時候我去你家住過好幾晚，烤肉時。」

「太好了，你還記得。」阿達笑了。

「我還以為你嚇到了呢。」

「確實呢——」我有些難以開口問自己母親的去處，其實，心血來潮地晃到這裡，我並不希望被任何人發現，就連以前的守衛伯伯也一樣，尤其是我母親，我不知道該怎麼解釋，她一定會生氣的。

「阿姨她去上班了。」阿達說。

「喔，對，上班。」我說。

「你要回來住啦？」阿達問。

「你大幾？」我問。

「剛上大一，上上個月就過來了。」阿達說，他並沒有接著想要繼續問我回來的事情。我坐在他旁邊，看了一下《康熙來了》，就像家人一樣，那種沒有事情的下午，慵懶、無所事事，隨意地聊著大學生活、打工什麼之類的，外面的陽光還很大，也許等什麼滷肉或者鮮魚退冰吧，母親就會坐在沙發那邊看電視。看著電視，我覺得好輕鬆喔，突然，我才發現我壓力有點太大了，是那種身分上的壓力，平常難以察覺，像是坐在捷運博愛座、在教室裡面弄濕了白色制服，或者就只是格格不入，反正不管怎麼樣，只要一回來這裡，我就有些鬆了。

有個洞。

不知道是不是這樣，我才睡著了。

睡醒時，我才知道，為什麼洋蔥都能夠睡著那麼久。

阿達給了我一顆枕頭。

意識模糊之間，我還記得母親有走到我旁邊。

她生氣地問說：「是怎樣，幹嘛？你生病了喔，搞成這樣，怎麼在這睡？」不知道為什麼有這段記憶，總之我還記得那時候我就不打算理她，就繼續睡我的。理性的我一直在喊救命，救命，你該趕快刷刷地躲起來啊，她看到你這麼爛軟，你會承受不住的，你會從溫暖的夢裡面被罵醒的——

醒來後，天空已經黑了。

母親正在煮飯，阿達在洗澡。

我站在廚房旁邊，隔著門簾，我能感應到，母親感應到我了。但我們彼此都不說話，我想，糟了，怎麼又不會說話了呢？阿姨那次也是，你怎麼什麼都不會問，不會說——啊，母親講，忘了買薑。

「妳煮什麼？」

「煮魚，你阿嬤寄魚過來了。」

「這樣啊。」我說，「好久沒吃了。」

「我就知道你在外面都亂吃。」

「看到我有沒有很驚訝啊？」我問。

她語氣有些不好，但我不想反駁她，沒什麼，我也沒受到傷害，其實我很感激也很訝異，同時也充滿了疑惑，為什麼母親願意讓我繼續睡著呢？這不像平常的她啊。

「有啊，有啊。」魚落下鐵鍋的時候，發出巨大的水蒸氣聲響，她蓋上鍋蓋：「我都以為自己見鬼了。」

「我才見鬼，回家看到一個人。」
「你說阿達嗎？他來很久了。」
「我都不知道耶——」
母親大概花了半個小時吧，把飯菜都裝好盤，魚也撈起來，我負責提起鍋子，刮乾淨底下的魚汁。久違地，我好像知道我該站在哪裡，以及如何跟母親說話，我想起來那段無盡地說著小貓身體健康、回傳便當照片的日子，母親只是按了一個藍色的讚，像是生氣。
她說，她是看阿達沒有地方可以住，在政大也遠，所以她先暫時讓阿達住在家裡面，早上的時候開車送他去木柵那邊，晚餐的時候再把他接回來。她講起搬宿舍的時候，阿達在房間裡面掃出了各式各樣的垃圾，保險套、衛生紙還有成績單，誰知道你們大學生這麼誇張，母親笑著說。我發現母親也會收留許多東西，像是阿達這種孩子，也會溺愛他，像是對貓。母親的餐廳那邊，新來一個妹仔，曾有一次母親還雞婆地拉著他們兩個人，硬是找了一頓晚餐。

後來呢？我問。

他們就來家裡吃啦。她說。

這麼隨興？

吃完還一起散散步呢。

我想，如果我的母親也能請家教學生，一定也是會準備他們喜歡吃的水果的那種家長吧，不過如今，我也幾乎想不起來那些家長們的面容了。我只記得每次回程的路上，因為得看著路，分散不了注意力，所以都覺得加倍的孤單，因此在離開家教學生的家裡時，我都會盡力地跟他們說再見。

咖叱。浴室門開了。

「洗這麼久？」我問。從阿達進去到出來，至少也有一個多小時。

「對啊，我也覺得他很誇張。」母親笑著說。

看著母親在笑。

從什麼時候，母親也能接受奇怪的孩子呢？

我突然很想說一句實話：

「其實，我沒打算讓妳發現我有回家。」

「這樣啊——」她說。「一回家就睡，你還想躲去哪裡？」

我想了很久，直到我離開家裡，準備回到溪州，都還在想她那時候的反應，是生氣還是已經原諒我了。離去的時候，我又重新搬出來精心準備的謊，像是研究所計畫云云，但是已經能夠好好地說謊了，是那種舒適、無傷大雅、不傷害任何人的謊。

離開的時候，母親還是很嘆息地說：外面都變得好醜啊。

反正貓啊狗啊都喜歡靠過來大便，多一條捷運沒關係啦，我說。

母親說，啊，這樣聽起來很溫馨。

好像也沒有關係了。

就算不土葬，我自己也是能夠好好地活下去，我對自己想。

一整天都好熱，離開了家裡，重新踏上夜晚的街道時，柏油都在冒著蒸氣，地面積水的味道很臭，但是臭也不是一兩天了。我羨慕著當初選中這裡的母親，真好，真堅強，母親竟然能夠自己決定這一切。天空很高，因為沒有下雨，所以空氣中有一股悶熱而潮濕的味道，不過，我已經決定了，該跟洋蔥說什麼，該跟他說，對，總有一天你還是會放下這一切，找個顧問公司，或者是營造廠，工作會使我們遠離這一切，到時候我們就會同時發現，啊，原來當初那麼困難的遊戲，像是在玩一樣，結果出了社會才是真正的——好像什麼都到達不了。但是沒有關係，洋蔥，我已經逐漸理解一切，關於你為什麼堅持要土葬，我想是跟家人有關吧，跟我下午的那場睡眠一樣，我們活在土裡。

我逐漸理解了——

我們所創造的儀式。

奉獻、等待，接著得到什麼善或不善。

騎過捷運的建造橋下，燈光太過光亮，從天上，像是陽光、賣場的燈光，沿著河照亮一切，真的變好醜，我想，同時我也感到欣慰，以後帶著母親去住更好的地方吧，到那個時候，我就會有新的名字，跟她說，把這棟房子賣一賣吧，妳看，捷運線牽過來了，我們就可以離開了。

我想起我的貓。

我想念我的貓。

但是我已經離開了，嘆了一口氣。

經過了高速公路旁邊的引道，彎入了溪州入口，我這才有點明白了，因為地處低窪，要接旁邊幾個區域排水的水氣，草木都亂生，因此地面上都有厚厚的苔垢，深綠色、灰色的，停車場停滿了車，白色的米臼裝飾下面寫著紅色的歡迎，我說，謝謝，圍起了一整排綠色施工鐵皮圍欄，向天空高高舉出幾個起重車、怪手。

我感覺，從母親那邊離開時，有什麼東西就這樣默默地消失了。

像是念經的時候，

恍神的剎那。

回到住所，打開家門的時候，我聽到門發出了聲音。

一進門，聽見了女聲樂的合聲，小提琴、鋼琴在後面緩慢的演奏，暗黑靈魂，每當開始的時候總是播放著這首歌，我們不知道重複地聽過幾次了，像是遠僧手上的經。是穿過了重重的石窟，突然進到一個高大、燃著燭火的空間，你知道一切追逐進入了尾聲，不過感性的自己仍會在這裡多待一會。

洋蔥人不見影，陽台上植物生長著。

我叫他：「洋蔥？」

他在房間裡面回道：「什麼啦。」他笑著走出來，說真的，我已經很久沒有看到他這個樣子了，之前都病懨懨地說話跟進食，我還以為他的心靈跟身體，都已經成為魚。他說，幹嘛叫我洋蔥。我笑了，我喜歡這個名字。

「你幹嘛這麼快樂。」我說。

「有嗎？」

「很明顯。」

「那你進來看。」

他指著電腦螢幕，快速通關的紀錄往上面，大概前五名的名字我都記得吧，但是出現了一個陌生卻熟悉的名字，洋蔥，三十七分零四秒，世界紀錄，第二名只差兩秒。

「結果你卻錯過了。」他笑著說，「我都上傳好到網站去了。」

「靠，真的假的。」我大喊。

「對啊，我也不敢相信。」他摸摸頭。

「但好像也沒什麼感覺啊。」

「沒有嗎？」我問。

「就我覺得很開心，但是要說有什麼特別的，其實好像也沒有。」他說。「很奇怪對吧？」

我不想說洋蔥很奇怪，這讓我覺得很不好，為什麼要覺得他很奇怪，明明我們花了那麼久的時間才到這裡了，才不會很醜很奇怪。我反駁：

「才不會。」

「終於達到世界紀錄了，我要看你的重播。」

自從Todd Rogers三十多年的作弊世界紀錄，被人家揭開後，越來越多人得開始學著如何實況，如何上傳影片，奇妙的是，這樣的舉動反而在二〇一八年，台灣遊戲快速通關社群也流行了起來，回顧最初，眾人們都是關在自己的黑暗房間中，摸索遊戲的一步步。我看著洋蔥的影片，反覆地暫停、倒帶、退回數秒之前，又回到了最開頭，眾人合唱著音樂，神聖而莊嚴，而洋蔥的手指規律而快速按著跳過鍵，一切都是以六十分之一秒的世界裡面，閃過一切的時間。

而我得說，開頭的音樂似乎聽起來有些不同了。過去有一段時間，這個音樂是我的手機鈴聲。只是我放棄自己通關之後，開始看著洋蔥繼續挑戰世界紀錄時，我便已經換成別的音樂，預設的鈴聲。

土葬。

撥開天空，天空便落下水以及葉草以及土塊。

在那之前，你要奉獻什麼，才能挖開洞穴後躺下，接著等待，善或不善的來臨。洋蔥喝著啤酒說：「結果先得到世界紀錄了。」

我說：「或許沒有順序的，這個儀式就是這樣。」

他說：「是嗎？但我沒什麼快樂呢——」

「不對。」

「所以你才拿到世界紀錄啊。」我說，「不那麼快樂，也是可以的。」

我想像回到了家。

很久之後。

母親會期待地問我：「孩子，想好名字了嗎？」

我會說：「媽，妳記不記得，某天我對妳說，給妳聽一首很好聽的歌？」

妳放下手機，坐到我的旁邊，沙發發出了擠壓的聲音。音樂的封面，是一個騎士單膝下跪，用一把劍撐著，像是祈禱。黑暗靈魂。全身是燃燒後的餘燼。那其實是某段日子裡，殘留下來的營火聲，每日早晨醒來，便能聽見。

妳說，這個女生的聲音很好聽。

接著，拿著手機說：「快點幫我設成鬧鐘。」

我笑著說：「妳這樣會開始討厭它的。」

土葬

土葬前一日。

我和洋蔥兩個人騎著車，去小北買雜貨。帶呼吸管的蛙鏡、鐵鍬、鐵條、粉筆（聽說可以驅逐野生動物）、好幾件雨衣、全罩安全帽。我還買了鹽，洋蔥復活後，可以丟他驅魔。這也是漫畫吧，他笑著說。

我們吃了麵，洋蔥有點疲倦，我提醒他：

「別睡著。」

我聽見，每日清晨醒來，主畫面的音樂聲。

你將所有的精神投入在每一把。主機運轉的聲音、按鍵的鍵程空隙，外頭的夜狗吠叫，遠遠的，河水靜靜流動。我知道，母親正在等待我回到家，她相信我正為了某個重要的事情，為了可以建立自己的家庭，或者想到我自己的名字，好好努力著，不過那不重要，洋蔥仍然想要土葬，仍想要在前一天，再拿一次世界紀錄，而我似乎理解，真的理解的那種，也因此在他說出來的那一刻，我並沒有產生任何的疑惑、不解，將眼神飄移到他身上，或是嘗試要確認他的任何核心，我知道，這是奉獻也是等待，我便只是說：「好，那我幫你。」

但我明白，我並不是那種擁有夢想，或是造浪的人。

這也是我遲遲無法決定自己的名字。

我幫洋蔥看著。

死亡帶走的地方，堆積在一起，裡面驚人的相似。在現世的場景裡，如同母親的孩子，不會輕易的更動。也許定義會被重寫，為了薪王、為了太陽、為了在海邊堆起沙堡。也許名字能夠重新被命名，船不會輕易靠岸。洋蔥一把一把的下注，將時間賭在下一個海浪不會帶來死亡。呈現何種面貌不重要，但是此刻一旦定下來，便會成為記憶，將時光重新找回。後來，螢幕上就是不停地從一個地方開始、結束、開始、結束。但所有人都知道這些細微的差異，存在著某個神聖的偏執。

像是溫柔相依。

讓時光漸漸流失——

我們的時光感有點失衡，畢竟是連開一整天的實況。

「暗黑靈魂也快退潮了吧，接下來你會玩什麼遊戲嗎？」我問。

「很難吧，之後就開始找工作，去個營造廠吧。」

「幹嘛問，你本來就知道啊。」洋蔥說。

「我知道啊，但大家想看你玩。」

「我想想，」洋蔥為難的歪著頭，「或許下班可以開台？」

或許退休後？洋蔥想著他的未來。頓時四周有點安靜了下來。

「那你呢？」

「我嗎？不知道，養一隻貓吧。我想養。」

「問你之後想做什麼啦。工作，以後的工作。」

「養貓啊。或是養小孩？不過在那之前，我也想養我媽。」

「那要賺很多錢啊。」

「可以的，我很會照顧別人的。」我說。

陽光再次燃燒的時候，時間開始流動，我們想吃早餐，但是胃很不舒服，洋蔥說，肝臟感覺在痛。我們帶著應有的裝備，迎著晨曦。早晨的日光使得我們感到格外的幸福。

出了家門，經過一個凌亂的路口，就可以看到整齊規劃好的陽光公園。

我們撥開芒草，不小心踩破了一片保麗龍船板。

「怎麼辦？」洋蔥問。

「沒關係。」我說。

後來，找到一塊應該不會淹上來的地方。我們一邊挖土，一邊愉快的聊天。好幾日連續清醒著相處，便會產生兩個人才有的特別說話方式，洋蔥說，讚美你，雙手合十。

我笑了，動手將挖開的土堆測量寬深，把四周都鋪上了塑膠雨衣。

洋蔥把土堆堆成城堡後說：「這是我們住的地方。」

我說：「躺下吧。」

洋蔥把雙腳伸直，手放在肚子上。我才想到，他忘了戴安全帽跟蛙鏡。連忙把他叫起來，順便把多的雨衣套在他身上。發出摩擦的聲音，他重新躺下的時候，叫我稍等：

「你記得我們送走一隻小貓咪嗎？」

「記得。」

「後來我跟我爸說了，他答應養牠。」

「真的嗎？太好了。」我開心的說。

漸漸等洋蔥笑容消失後，我踩毀城堡，將泥土覆上。

有一個故事。

杜茲，是非洲裡容易乾涸的河流部落，肺魚會在乾燥的河底夏眠，用氣囊、肺臟、腹鰭提供水分跟氧氣，把頭靠在尾巴上面，將身體折起來，以此度過數月或數年的乾旱，當地的居民便會將牠們從夢中挖醒，擠乾身體的水分用來解渴，其他的肺魚都因此乾死了。附近的小肺魚，黑瑪太過瘦小，牠逃過了一劫，然而，杜茲的居民將河底的土塊搬起，建造了房子，肺魚黑瑪，便被困在了裡面。

曬乾的泥土，讓黑瑪很害怕。

此時的牆過了幾年，已經完全脫乾了水。

秒數漸漸增加了，河水緩緩流回上游。我再三確認呼吸管，能好好的吸入空氣，上方加蓋、側邊打洞。彼時，天仍光亮，我去早餐店吃早餐，點了一杯熱奶茶，三條熱狗。得到一點糖分之後，又回到土葬的地方看看，這時候有些運動的老人，看向我這邊。我拿粉筆，在四周畫了一個圈，後來發現畫不上去，只好路邊拿塊石頭，將它們混在一起磨成粉。

我逆時鐘磨著粉筆。

花了很久的時間。

日後，我將近半年，心中深藏著祕密。

究竟要如何表達親密，才不會令人厭煩。或是說，那時我為何要費盡心力地，跟母親解釋洋蔥這個人。可能是我唯一造過的浪，以及偷偷取的名字。也許洋蔥不需要，很久很久，超級無敵久之後，我們都已經不再摸遊戲了，他問我記不記得，有一次，他的父親來找他的時候，他非常的恐懼。聲音幾乎要掉下懸崖。我們再次約吃早餐，他在的北翰營造專門做新北養工處路平專案，專門把一切都埋進柏油裡，見面我就抱怨他們的工程很靠北，他也是不置可否。

我們相約的習慣總是看著當時錄下的影片，世界紀錄，三十四分零七秒。共一百三十一個留言，零星的在兩年內慢慢添加。

「你記得嗎？為什麼我那時會想哭？」洋蔥問。

「因為那是土葬的前兩天。」

洋蔥歪著頭思索，像是想要確定當初時光的場景、氣味。想要重新建立當初的恐懼，父親的聲音。

但是最後，他也只是傻傻地笑著說：

「可是，為什麼我要害怕父親啊？」

我在陽光公園待了很久，想著洋蔥最後拿下WR的那把，想了好幾遍。河水靜靜的流動，在中間，有人踩著齒狀護床，把釣竿上上下下搖著，像是無憂無慮的人，我忍住問他為何在此的衝動，靜靜地看著。而某個孩子騎著四輪車，彎出了車道，母親在前面停下看著他，他指著蘆葦蔓生的泥土地，跟媽媽說：

「我可以玩嗎？」

後來，我沒有回家，將住在溪州的衣物、棉被，好好的清潔過。將它們曬在陽光之下。蘆葦旁種著雨傘，那是我臨時找到的，可以就近看著河水。在那個時光裡，我反覆的確認我的名字，擁有足夠的意義、足夠的說服力。否則，他人將會很難記起。

確認好整個等待裡，所有時間的位置。

日後，洋蔥撥開土。

他抹去臉上的泥土，摘下蛙鏡面罩，眼淚混合著泥水，重新滴落土地。他緩緩地走著，像是重新適應重量。全身劇痛，意識清醒。我等著洋蔥走來。

看著他身後的巨坑，想像那是——

不曾在海岸堆起的沙堡。

「我回來了。」正想說出這句話，但他卻無法控制自己的意志，忍不住，回頭看了身後。

最後，暴風雨來臨，土房被毀。黑瑪醒了過來。

黑瑪相信，自己是依靠自己，才活下來。

那個坑彎彎曲曲，像是許久沒有人發覺那樣，積滿了河水。

B・擾亂 Disturbance

捷運建造之前。

基礎尚未開挖。

地層安靜地抓著遺存，將年代漸漸向下推擠。

離開螞蟻後，我又延畢了半學期。一直往來著大學以及新店的家，早上六點起床，騎著摩托車經過路邊的農田，聞著清晨的雨水，然後好好地搭車到學校。中午吃過飯，在圖書館找一塊空位，小睡了一下，直到夢境快要擾亂現實之前，我會坐起來，在座位上發呆，等待拼圖完成。

真正畢業後，農田消失了。載重鐵板下雨時會濕，一切看起來都滑滑的，我看見打樁吊車，拉起類似鐵錨一樣的厚塊，然後緩緩下降，我有時候會看著那個場面，然後放慢車速，有一次差點被載著廢土石方的卡車撞死，才專心看著路。如此一來，誰也無暇關心捷運工地的進展，某日醒來，我的窗外已經放上了一座鋼構梁。

準備國考的日子一久，也就想開始聯繫其他人。

久違地聯絡上高中時的好友。

約了一個晚上打打球，聊一下近況，順便去吃之前轉角的雞腿飯。

「台南大地震時，你還好嗎？」他問。

「啊—我沒事，停電了一下子。」我說。

窮盡話題的時候，便會抵達我的大學時期，遇過的那場地震。遠處正在破舊的側溝，用打地機破開混凝土與ＡＣ，夾斷鋼筋，接著模板工一個一個把模板鋪上，四周很吵。我請他到我家坐，如同之前，高中的時候，做科展實驗，把地板黏上一塊塊硼砂黏球，或者噴得到處都是水。

「欸你家有沒有蛋糕？」躺在沙發上，他問。

「蛋糕嗎？」

「對，蛋糕捲或者咖啡店的都可以。」

「我看一下。」打開冰箱，冰凍與腐化的味道飄來。

「只有冰淇淋。」

「現在很冷欸。」

「沒辦法。」

「好吧，那就吃冰淇淋。」

鐵湯匙向下挖掘，溫度抓住鐵，牙齒逐漸變冷。冰淇淋乳化作用，他說，以前還會把布丁加入泡麵，當成豚骨口味的湯來喝。我說，你還記不記得，那個在社辦裡，彈鋼琴的女孩，對──，她叫什麼名字──。我突然後悔沒有買蛋糕，真的突然很想很想吃。挖開冰淇淋洞穴，小型地震，名字便想起來了。我們曾經取了一個綽號，很長很長的綽號，不過現在想起來，綽號這種事，其實一點也不重要了。

「透過各地 GPS 觀測站於地震發生前後的地表位移分析，發現在高雄與台南等地都有出現水平方向大約五公分的位移。」

——〇二〇六地震災情彙整與實地調查報告（一〇五年三月）

雨雪

從那次基隆回來之後，我就再也沒有幫橘子買過任何車票了。

橘子是我的朋友，不是我懶得想他的名字，他不胖，身材也不像一顆橘子，只是臉上有一些痘疤，因此我稱他為橘子，但其實也不多。所以，他長得不像橘子，也沒有橘子的特徵，澆水並不會讓他長大，倒是有時候像長不大的人一樣幼稚，這樣的人，從高中一開始，我們便成為摯友，使高中生活不致太過無聊。

他倒是滿喜歡女性的。我是說，他對於女性的追求非常顯露，在表層的個性上，不會羞於說出自己對女性的慾望——並不是那種下流與色慾的話——他善於觀察身邊女性的美麗，有時候，連我都感覺到驚訝。在我們的友誼初開萌芽時，有位社團的同學，引起了他的注意，他跟我說：「那一定是受到很多人追求的女生⋯⋯。」

隔日，我驚訝於他所描繪的想像並不如真實所見一樣美麗，我希望他放棄這莫名湧來的情慾，因為那女生眼睛並沒有關心任何事物，像是過分渙散的雨水，難以去理解，充滿神祕，但卻不是那種生命必要的人。以橘子的條件來說，有太多更好的女生了。

更好的條件。橘子討厭這種區分，對他來說，只是心中那種模糊不清的印象所造成的誤會，表淺，甚至是偏見。他很哀怨地講說：「這樣講非常地膚淺啊，你只是用你的人際關係深淺然後妄自套入想像而已。」當我不以為意地批評時，他說：「你再仔細看，看她最後是什麼樣的人，否則，後悔就來不及了。」

我不懂他說的後悔，在我看來，那也許只是橘子一時情迷意亂罷了。

他的生活之中總是圍繞著這種細細小小的幻想，我甚至懷疑，他有沒有認真地過生活。只不過，這樣批評他反而有點嚴重了，有時候，他向我提出反問，有時候只是反問現實，組裝自己思想的積木，不過大部分的時候，都只是抱持著不信任所有事情，想嘗試打落既定的組成罷了，有時候，我們都只是在尋求激烈而浮空的答案而已。

這麼如凡人般，橘子對於一個女生誠實地追求。

反而令我感覺陌生。

只是，在說出口的日子後，他反而更少向我提到那位女性了。我關注那社團女生，想要確認，是不是真的是我的誤會，抑或是如他所言，並同時，小心自己悄悄地窺探不能被橘子發現。

我認為，無論橘子是否真實地喜歡那位眼神渙散的社團女生，我在心中悄悄測度橘子出現在社團的次數，也無法真正追求到她。那之後，橘子突然請了假，幾日後相見，對話裡那位社團女生也跟著消失了。颱風來臨，黃色的塑膠鴨子在高雄港岌岌可危，心中像是有個透明的病人，突然地猝死，我想，並甚至開始懷疑起，橘子當初對那位眼神渙散的女生之情，是否真的存在。

橘子說，他已經沒在想了。

不再留戀以及斷得乾淨。

我想不明白，為什麼可以如此乾脆呢？

然而，那女生的名字已經在我心中占據了角落。颱風來臨前的晴天，學校的操場上都是一群群準備回家的人，他們披著金色的落日，低著頭等待口令，像是水波與潮流，像是一渦渦的水旋，我站在牆邊呆看著，那位眼神渙散的女生的背影就在那金色水流中踽踽獨行。好像某種重要的時刻，我急切地想要記得，天空的雲朵被染色成一層層如花朵般的嫣紅，火燒雲發光，看了這樣的雲，代表明日會下雨，颱風追逐一切，鮮血般鮮豔的火燒雲從東部離開了。

我轉頭，看向剛剛仍在發呆的橘子。

想要說明一切。

只是，他手上拿著手機，手不停按著按鍵，發光的螢幕令他神情悲傷。後來，我才明白，那時候的橘子已經離開這裡很遠很遠了。

升上了高三後，陸陸續續有一些傳聞，全都是關於那位社團女生的。所有人開始準備考試，因此有一部分混在補習班的人，為了她而打了起來——，應該不是打，而是在網路上、在朋友中、在現實裡，都可以看到那些細小的衝動，靜靜地圍繞在那三人之中，好像隨時都要爆發。一個月後，那兩個人放棄了爭鬥，如同敗戰的野獸，不再怒眼相看。正是那位社團的女生，與已經畢業的學長開始交往的緣故，而我甚至有種猜想，在這一年之間，她似乎與同班同學、別班同學、學長學弟甚至是老師，都留下了她的痕跡。那些密密麻麻的徵兆圍繞著，而我聽見許多特殊的關切、語言抑或是挑釁。

像是他們之間擁有自己的語言。

波啾波啾。

他們彼此打招呼，起因是一個怪怪的諧音。

在桌子上、窗邊抬頭時、老師叫號的時候。

就有「波啾」這個奇妙的聲音出現。

笑聲。

彷彿如一個王，她在這聲音風暴中。

我遠遠地觀察這一年中的所有變化，有時候我認為，自己相當地貼近她，就在最開始尚未成為女王的小蟲時，我便已經開始關注她，在還沒有任何經過破碎的衝撞，形成了小行星系環帶前，我便已經看過她的渙散、難以接近，甚至我認為，那就是她的傲慢的缺點，致使她不可能突然成為被愛的對象。難以承認，也相當痛苦，事實上，我也充分地認知到這些想法，就只是一個差勁的評論，就像貼在白牆上的標籤紙，令人感覺到視覺上的謬誤。

於是我開始接近她，關心她。

我明白這個時間真的太晚了，她一定是同時與許多人談論著什麼或沒什麼——其中還不乏日常規律的、關切的、諷刺的、難過的、所有的話語——而我才正要開始。到了大考結束之後，我感覺，什麼都沒有變，而我確實也知道一定什麼也不會變，這時候，我發現我又開始厭惡她了，不耐跟她聊天的時候感受到的無聊、停頓，甚至最無關緊要的反問，都讓我感覺到憤怒。波啾，我們真的要聊這些不痛不癢的事情嗎？好幾次，我都快要衝出口這樣問了。

而最明顯的變化，對我來說，便是所有人彷彿找到他們的歸屬。

在這個讀書的日子。

開始找到他人撐傘了。一下子，圍繞在這位女生旁的人們都消失了，好像他們去尋找更重要的事情。某日，橘子也在那時候，宣布他有了一位女朋友，我看著她的照片，她的樣子清晰，感覺不到銳氣，是那種尚未成形的小蟲姿態，個性不清不楚卻善解人意。我想起來最後一次，我見著了那位社團女生，卻不再打招呼的時刻。

橘子說。

「欸，我們一起去基隆看黃色小鴨吧。」橘子說，那是一個略濕冷的日子，冬日結束後，有著無盡的毛雨。

他是個鐵道迷。

就在一個殊異的時刻，我們從台北火車站離開之後，要走進捷運站之前，一起看著快閃表演，我忘記了那時演了什麼，好像是舞蹈，還在「SORRY、SORRY」的背景音樂不知道何時才會被取代，觀眾們都特別捧場，大喊跟著歡呼，那時，橘子神祕兮兮地拉著我，說：「我是鐵道迷喔，死忠的。」

我相當驚訝地看著他。

「你看。」

他偷偷地翻開背包裡面，夾著一份雜誌，上面幾個明體大字。鐵道情報。他說，以前他的父親是交大的，存了好幾期舊的鐵道情報，結果他自己玩得比父母還要兇，偷偷跑出去追列車，那時才剛剛升上高中。

喜愛火車的他，也喜愛歷史。

以前的我只認識喜歡歷史的他，常常聽他說一些冷僻的人名，反正我是都沒記住過，他也不在意，就只是想說給我聽。

我們坐在前往基隆的火車上，車上還有不少人，大概從台北火車站上車的人，都是為了要看黃色小鴨吧。巨大而和平的小鴨。因為那個概念太過偉大了，我感到興奮莫名，火車在城市裡跑著，台北的雨、汐止的雨、七堵的雨，車窗內包含了各站的空氣，各式各樣的味道當車門打開的時候，便散去了點，又融合了起來。

坐在我們對面有一對母女，應該是假日，趁著爸爸還在工作時，攜手出遊，那位媽媽悶著無聊但仍說著話，女兒卻是相當興奮，不停講著學校的種種。到了汐止，那小女孩準備要下車，還在母親身邊跳來跳去。

車子停下來了。

車外有個男人走了進來，突然之間，那位母親抓著女兒的手，急促地按下車廂之間的開門鈕，轉瞬間便不見了，那男人似乎沒有注意到這一幕，便在方才兩人的位置上坐下。

火車繼續行駛。

窗外的景致似乎變得柔和，因為天空的烏雲不再灰暗，落下乾淨的雨，變得輕快明朗了。火車壓過鐵軌發出聲音，使我有種我喜愛火車的錯覺，車廂內意想不到的安靜，某些人正小聲地聊天，而橘子正看著《初戀》，我在一旁看著漫畫，其中有一部，畫著一個鐵道迷男孩，攤開自己喜歡的地圖，看著電車可以到達的地方，ＪＲ，東北列車，直到某個日本角落，只不過女主角驚訝地說：「好無聊。」

然而，任何一個可以到達的地方，有辦法真正到達嗎？應該說，腦中對於那個幻象描繪，對比真正的冬日之雨，以及四處可聞見的人們的臭味，那個幻象怎麼抵達？在我看見小鴨後，腦中不禁浮現了這個想法。

小鴨又髒又臭。

空氣與海水，一切看起來都這麼難過。

來這，我想不起來霍夫曼原本的意念。好像小鴨是多出來的，旁邊的汽水與熱狗才是真的，好像小鴨是多出來的，排排整齊的遊樂器材但空無一人的座位才是真的，雨水打落在那些塑膠鐵器上，許多人看著小鴨，有個正中央的空間，等待排隊的隊伍很長，而仿冒的紅番鴨在一旁嘲笑著，緩緩漂浮。

小鴨是多出來的。

那社團的女生挽著一個乾淨的面容、整齊五官的少年，她輕輕觸碰高她一顆頭的他，沒注意到任何事情，也沒注意到我們。也許是我們把傘拉得很低，但是聲音傳聽得見——接下來要去（基隆夜市——）——好髒啊（妳看那裡）小鴨（妳看那裡）——。

我們都注意到了，只不過刻意在對話裡削去這個人。

「你怎麼沒有找你學妹來跟你看？」

我刻意問道，沒注意到他們走上木橋，正要過馬路，沒注意。

「她說這星期社團很忙，是要展什麼畫的樣子。」

「她住在哪裡？」

「花蓮。」

火車壓過鐵軌的聲音彷彿響起。

台北以外都是南部，似乎曾有人這樣講過。

「你們曾經約過嗎？」

「我問過她要不要來台北，她說太遠了，而且若是住一天也要考慮地方睡，這樣又太貴了。所以，我下去花蓮找她一次，只不過那天颱風來了，我待在旅館裡動彈不得，隔了兩天，只好讓她送我到火車站。」他說，「很慘吧。」

我彷彿又看見當時的火燒雲，那女生的步伐閃耀著，黃色小鴨此時像是認同一樣，在海上搖晃著它的巨大鴨頭，塑膠鴨底下人群稀疏而隨意竄動，形成一點點人流，從小鴨面前快速通過，四周的車聲以及人群交談聲相當淡薄，似乎被海水過分稀釋了。我注意到今年入春時的雨水，相當地冷冽，如迎接抵達基隆的我們，從海面把遙遠的薄霧吹入我們口中。

我想起時在淡水商業老街中，那時從演藝廳離去的人群擠在外邊的海岸廣場，四周有吉他與鋼琴的表演，顯得此刻基隆的冷清。

那是一個意外的記憶。

橘子邀請我到淡水演藝廳，去看青藝盟連續兩週的戲劇比賽。我們兩人吃完周杰倫焢肉飯，匆忙地趕上公車，擠到公車的最後一個位子，看著好幾所學校的學生，穿著制服，也都趕往會場。手裡拿著紅色塑膠椅，一邊嘻笑著一邊把椅子墊在自己臀下，我們兩個人聽著他們的話語，然後各自想起自己高中的生活，有一些香氣隨著公車的移動，四處飄浮，然而就是飄不進我們的鼻子內。

絢麗而夢幻衝動如水晶的表演結束後。

我們在夜晚淡水捷運的草皮上，爭論了起來。

有時候我會聽到某些聲音，很特定的。

像是大呼小叫，或是遠遠地喚名。每當理解那是幻聽時，都會有段時間再也感覺不到同個幻覺，所以我認為那是很偶發性的並不會對生活造成影響。只是，橘子不這樣認為，只要不會造成影響，醫生一定都會亂開個藥，然後隨意打發你，因此，他說，非要把飛蚊症說成有上千隻黑蠅，胸痛說成刀刃般疼痛，醫生才心甘情願地幫你安排檢查。由於我在吵雜的夜市，所以我感覺到，似乎有人又在叫我，那是眼神渙散的女孩聲音，我心想，一定是幻聽。

我們看完小鴨後，在市場隨便解決了午餐，買了一瓶飲料，坐在海前面看著又髒又臭的小鴨。隨後，又到處看著基隆的風景，那時候高中的我們想著，在基隆的人們，似乎就和隨處可見的鄉村一樣，四處晃著白天不知要去哪裡的閒人，聚集在便利超商附近，或是正對著飲料店的轉角，就是烤著什麼香腸或吃的，騎樓內一方大桌擺著各式各樣的首飾、掛巾，顧攤的妹妹無聊打著手機的字。

到了晚上，我們又回到了夜市。

似乎又比中午多了成倍的人，攤販們喊得比中午更用力了——。

「來基隆吃鼎邊銼，不要吃錯喔，吃錯後悔喔。」彷彿真切而老練的詐欺。然而，我其實很想一整個下午，都待在港邊，一直一直看著小鴨。

哪裡都不想去。

我想，那社團的女生應該和她的男友逛遍基隆的每一處吧。

想到這，我就只想要待在賣滷肉飯的攤位裡，吃一輩子的滷肉飯，哪裡都不去。橘子端著一碗湯走過來，蘿蔔湯加芹菜碎，橘子將它們一個個擺上了碗的邊緣，像是花一樣的裝飾。原本應該是店家要送過來的，只是老闆娘吼了叫我們這桌要過去拿。

喝著湯，我想起火車上那對母女。

過了汐止後，火車輕快地通過基隆山口，到達靠河岸的百福火車站。

橘子有些激動了，當車門開啟後，冷冷的空氣一灌進來，我便下意識地看向車門，車門外的車站、美麗的河。突然，我對面的車窗震動了一下，坐在對面的男子被這個震動嚇到，趕緊轉身確認背後，一看是那個母親以及女兒，女兒敲著車窗，嘴裡高興地說著「爸爸」，而母親卻是緊抓著女兒的手，走向月台的後方，俐落而乾脆，應該說是無情。

那父親因為火車開動了，眼裡的景色已經變為那條美麗的河，那河水因為下雨而變得霧茫茫一片，因此，他只好把自己的頭轉回來，而臉上有種卑微且不堪的猥瑣表情，低著頭，不知道在想什麼，手裡抓著手機，卻不知道要先打給誰，更像是煎熬地等待來電。火車很快到了下一站，在門開啟之後，那父親終於決定下車。

那父親終究沒有抵達基隆。

身在基隆的我只好馳騁自己的想像，為那父親的生命擅自安上某種罪惡。

那次離開淡水草皮上，離開了爭論，大概等了十幾分鐘，捷運才緩緩地靠站，我和他找了位置，那時候，我們其實已經很累了。在窗邊反射的只是我自己，以及橘子那無聊的臉，突然之間，我感覺到我們才是玻璃上的形體，由玻璃組成的玻璃人。玻璃人的光彩，以及生命的淪落越來越清晰後，窗外竟下起一場大雨。若坐在捷運上的我們，未曾朝窗外看去的話，一定不會發現鐵軌被濺起水花——那次夏夜的夜雨，是把任何事情都洗淨了，一個都沒有放過那樣盡情洗淨。

看著窗外的雨水，我開口對橘子說了第一句話：

「我們好像活在玻璃裡的人喔。」

橘子終於抬起了頭，然後看著我沉默了許久。

「是嗎？」

他似乎不感興趣的樣子，一副厭倦了一切的表情，看著窗戶外面。我突然覺得捷運內的冷氣很冷，但是我沒有帶外套，橘子也不會借我。窗外的流光漸漸升高，不知不覺，車水馬龍的車燈如光之雨衣沒有重力束縛，當我意識到了車子即將進入地下時，一道黑色的情緒如同墨畫，籠罩了我的眼中，下意識，我閉起了眼睛。

「玻璃裡面有鳥。」他說。

橘子彷彿剛剛才從這片黑暗中醒來似的。

玻璃鳥，那是活在玻璃中組成的生物，但是現實裡有太多比玻璃更加堅硬更加惡劣的事物，玻璃做的翅膀也比空氣沉重，靜悄悄地，舔淨窗外的黑色雨水，玻璃鳥站在窗外的光影閃動中，捷運地下道的風聲太大，想要專心聽鐵道的聲音，然而，橘子的手機在此刻響起了。

他選擇不接。

那應該是橘子最接近凡人樣貌的一刻了。在所有的行動準則之下，橘子從來都難以被現實染上任何色彩，當他低下那看似沉重的頭時，我這麼想著。還是說，這也是我刻意從腦中拼湊出的幻覺，說服我，說服我說橘子是祕奧難解的特別生命組成，車門打開了，車站外空無一人，但有股地下空間捷運使用的消毒水味道，用臭味消除臭味。

月台候車的空間相當乾淨、明亮。我們踩上發熱的電扶梯，從他的身後，我看見他方才握著手機的手，現在空了出來，骨節明顯的地方顯露著數條青色血管。

我感覺，他好像有什麼話要說，臉翼側邊閃爍著光芒，但由於剛剛在淡水的爭辯，關於他的女朋友、距離以及不安感，卻惹來了我的漠視與冷諷，我閉上眼，似乎聽到了風聲從出口吹入的聲音。於是橘子的嘴唇打開一陣子，說出：「欸，我們一起去看黃色小鴨吧。」

橘子似乎對戀情裡的距離感到不安。

是信任不夠吧。我隨意把他的感覺想來想去，突然之間，我看見人群之中，社團裡的女生和她男友一起在對面的阿華炒麵吃飯，她把頭低著，桌上的麵一口也沒有動，然而表情卻是痛苦的，一旁的男友見狀好像要撫摸她的背卻又不下手，只是在耳邊說著一些話，而那女生卻僅僅搖頭或點頭，搖頭，男生又說了幾句話後，那邊的氣氛便凝固下來了。

而一旁的橘子，依然說著他自己的事，「她會知道我的感受嗎？」

橘子感傷地說著。

但我覺得煩躁。

這時候，空氣中穿來的風已經很冷很冷了。

冷到我以為將要下雪。只不過天空持續落下的，是雨水。

我的注意力始終專注在那對情侶身上，自從來到了基隆就已經不自主地想著他們的事情吧。而那位父親到底怎麼樣了，是否如同破碎的玻璃好好地重新拼裝了？抑或是被鐵路輾壓過後，只留下痛苦——不管怎麼樣，那對消失在百福火車站的母女，也恰好分散了我的注意力，現在，我的意識就像漂浮的灰塵，有時候抓住，但大部分都是打落在濕冷的空氣之中，等待被拾起。

「距離好遠，都不知道發生了什麼事。」

橘子的這句話突然變得清晰。

像是把所有的注意都集中在影像上，我感覺心臟的重跳動，而手心冒汗，突然，那邊兩位移出了炒麵店口，擠進基隆廟口無數的人潮中，就像是某種宣告式的退場，到了盡頭，距離越來越遠。

那眼神過分渙散的社團女生，被我貼滿了生命各種標籤後，牽著她的男朋友並撐起同一把傘，不知道他們是否仍會在夜晚的黃色小鴨前面停留，憐憫這個黃色小鴨，再給它最後的關注，但不重要，他們像是到廟裡參拜一樣，兩個人一致地想著同一件事情，只見那個男生低著頭，牽著那眼神渙散的女生，遠遠地描繪似乎是寂靜無聲，只是有些破碎的意識飄散空中，是那位男生的殘存嗎？那社團女生的腳步，在啟動和停頓之間保有一種特別的節奏，使得她的動作看似悠緩，卻仍可以保持一般的速度前進。

我突然想到踽踽獨行這句話，店門口的天空，像是毀滅一樣，有種透明的重力把我的胸口向下拉，但身體卻是向上拉扯，我的身體有種透明的震動，如同過分運動的肌肉記憶，因此，我發現嘴裡的苦澀味道，和長時間緊咬牙根的酸楚，變得動彈不得。

巨大、和平。

遠方的幻覺再次湧上海岸並且現實悄然無息地退去。

我們離開了夜市，走回海岸的時候，看見夜晚柔和的光照在小鴨身上，似乎在夜晚，這樣能讓它感到溫暖，街燈和港口邊的彩色絢麗光芒開始轉動時，小鴨乘坐著基隆海，像是微笑一樣，示好地上下起伏。遊客們越來越多，站在椅子上企圖與小鴨借位親嘴的男生，以及有對男女抓著彼此的手機還是彼此的手，留下無盡的時光。我們緩步走在海岸，小鴨逐漸清晰，突然之間，我想起了早晨的幻想，巨大、和平。

儘管穿著外套，手卻是冰冷的。

雨下著，行人們撐起雨傘。在我四處注意著光景和一些細小的感覺時，橘子從便利商店回來，拿著一罐熱熱的奶茶。我把手圍在奶茶上，他也是。

奶茶周圍的空氣，正在緩緩地浮動著。

好像有種透明的事物，穿過我的心中，讓我不禁難過地哽咽了。橘子吃驚地看著我，但仍然不去觸碰我那最矛盾的地方。我們就讓手中的奶茶冷卻，我對著口喝下去，然後傳給橘子，他也喝了。

路上，我們等著火車。

月台的光相當地黃，橘子說著那些，他所能理解的鐵道知識。我歪斜地想著，這些東西那個花蓮的學妹，能夠理解嗎？或者說能夠靜靜地聽，從不發問嗎——不知道，他說著單軌承軌道的知識，我沒聽進去，不過也沒有打斷他，因為他剛剛也沒有打斷我哭。

火車移動的時候，他握著那凹折的奶茶鐵礦。

最終，當我發現他已經在那對母女下車的百福站離開時，已經見不著他了。我從過分渙散的注意力回來，漫長而遙遠的旅程，看見打開了門，我才意識到橘子已經下車了，起初，我以為他只是出去丟個垃圾，直到關門警鈴響起時，他都沒能回來。

我只好迅速地跑出車外，火車壓著鐵軌離開。

巨大的時間，我在月台等了一會，嘗試要撥通他的手機號碼，等了好一陣響著鈴聲，似乎正在和別的世界通話，一邊聽著那種像是呼喊的情歌，我一邊向月台的最尾端走去，鐵軌延伸，沒有盡頭。空無一人。月台上一排燈光倒映著我的影子，黯淡的月台前面，可以看到身旁的山壁竄出一條高架橋，橋上閃爍著車燈，還有緩慢移動的人影。

那次他神祕兮兮地告訴我，自己是鐵道迷後，他便沒有什麼顧忌地說著鐵道的故事，有時候，我看的漫畫跟鐵道有關，也會拿給他看。我明白，他需要有個人來談論他自己，我也需要有個人，告訴他所有刻薄、卑鄙的念頭。那時候，他跟我說，火車迷的所有視角，他都想要知道一切，在淡水的時候，因為看了那齣清晰、有妖精、關於家庭與友情的舞台劇之後，他說他不想要學習了，他要念別的學校。

「我可能會先離開了。」他說。

「離開？」我問。

「不讀高中吧。」他說，「一方面，我也想要去找學妹。」

「你要怎麼去找她？」我訝異地問。

「不知道，去就知道了，最不濟就是在花蓮開個早餐店吧。」他天真地想著。我相當地不解，看見他像是胡亂衝撞的牛，衝向未知的人群裡。我反覆地告訴他，未來以及生活不是那麼美好，但我發現，事實上，我其實也早就耗盡了所有對他說教的權力。連橘子有沒有喜歡過那個社團女生，我都不知道，還能說什麼，我想。

「只演一次。」他說，「我們今天看到的表演，只演一次。」

「我知道。」我說。

「那就是花費他們所有的高中生活，才能得到唯一站在那裡的機會，甚至他們未來根本也不會再演戲了。你知道嗎？這次的觀眾這麼少，那誰還會記得他們呢？」

「越多人看到就會被記得了吧？」我問。

毛毛細雨。

我想，百福火車站應該是最美麗的車站了吧。

月台燈光柔和地向這個世界回應，所以空中落下寒冷而潔淨的雨水。在月台的椅子下方有個壓扁的奶茶空罐，我蹲下身，伸手向椅子底下的深處拿取，有別於上方的濕冷空氣，椅子下有幾處乾燥的地板，散落著鐵道飛起的沙子和石頭。

手一碰到冰冷的空罐。

我便決定把它朝深處推去。

雨水滴到我的腳踝，一抬頭，密密麻麻的雨滴向自己落下，如同圍繞在恆星旁邊，透明的隕石折射出橘色溫暖的光芒，照明，儘管冷，但是讓小鴨很溫暖。我像那次一樣，那次捷運上一樣，閉起眼睛。

而我看見。

月台中隱藏著浮動光輝，懷抱著我似的，將我的身影與話語都暫時剝奪。而高架橋上的霧雨以及遠方的視線，也飄來了這個月台上面。冷冷的雨，似乎夾帶著雪，真的因為天氣太冷而落雪，最後，有幾個人會發現呢。遠方的下一班火車，正蜿蜒地駛進車站，那如美麗希望的光芒，牽連、倒映，也在河水裡移動著，車窗上一定有和雨水交融的雪水。

雨水很寧靜地落下。

紅色的精靈歌

山羊從口袋裡拿出一條新的腳踏車鎖，說是要給失去鎖鍊的腳踏車。

由於我昨天剛跟他說，我的車鎖在搬來這裡的時候，就不曾出現過，可能是遺忘在台北了。那時候山羊走在前面，一群人剛認識，準備吃飯，山羊就回頭說：「我台南家裡還有一條車鎖，拿來給你。」我驚愕之餘，客套一陣後，我終於接受他的好意。

山羊拿出細細長長的黑色車鎖，他的眼睛在左右之間游移，脖子也是不經意地在擺動。在眼鏡的後面的眼皮總是半遮著，因此，總會注意到他臉上的表情，好像荒廢似的，少了在社交上的光線交會。平常總是客客氣氣的，但是在施恩於別人的時候，感覺變得扭捏。

我接受了那條車鎖，現在，我的車也和其他人一樣老實地鎖在宿舍前面。

那些各地學生，在街上用快速跑步的速度，與自在踩踏腳踏板的節奏，如同飛行一般的游動，山羊似乎也有這種特質，但是，認真地看來，他是台南人，所以他腳踏車的鎖不會忘記帶來也不會忘記帶走。

山羊騎車的樣子，都和那些外地來讀書的學生一樣，在那快速和慢速中拿捏得很穩。不過實際上他一個人騎車的時候，究竟是快速的向前還是緩慢地找路，我想大概是前者。

午餐後，

他通常會先到我的宿舍。

聽到我開門時說：「你回來了啊。」聊了幾句無關痛癢的話之後，他便起身要回家，獨自一個人走在充滿榕樹與鳳凰樹的街道上。遠處火車的聲音慢慢地響起。

我對山羊的認識僅止於上面的觀察了。

「你不是外地人嗎？先幫你搞定腳踏車的問題。」

山羊後來對我說了這樣的話。

畢竟是大學同學，我們就互相幫助吧。我感受到他這話裡面滿滿的期待與無可言喻的興奮感，因此，我說要請他吃飯。他騎著沒有車鎖的腳踏車，朝火車站那個方向前進。

「這裡有什麼好吃的嗎？」我向山羊問道。

山羊感到好笑似的向我說明了很多選項。

有麵食、餛飩湯、炒飯、牛排等等。我選了其中一項，發現我才是被請客的那個人。我們坐在靠牆壁邊的位置上，大概在三分鐘內，原本空蕩的店內突然湧進數十位穿著相同顏色制服的高中生。他們親暱地坐在一起，彼此的書包配件互相推擠，而談話像是全力衝刺一樣，讓店裡面鬧哄哄的。這個情景引發山羊問一個問題：「台北如何，是不是人走在街上都很快？」

這問題像是台南人都騎山豬長大似的。

我笑著跟他解釋，台北人走路，跟台南相去不遠。

似乎被台南的空氣影響了吧。

日後回到台北，真有感受到那種輕微的撕裂感，好像人都存在一種縫隙。我還記得山羊那時候說了：「那我到台北你再帶我去吃，換我請你。」

那時候我腦中浮現了台北很多吃的地方，但是沒有能夠讓山羊這種人吃飯的地方，台南就算是賣冰的地方也有鍋燒意麵，台北食物則是太過刻意了。我第一個念頭就是帶他到我家去吃飯。

我們兩個人走出餐廳，外面仍然是陰天，台南的燠熱陰天。這地方不像是印象中的那種陽光燦爛的灼熱，不是搖動整個空氣的熱，而是當你看向天空，不禁會擔心下雨的那種悶熱。山羊的家是否也有那熾熱田園景致？

火車站圓環旁排滿了返家和初次來到的旅客。

把火車站擠成落後而混亂的光景。

一台台紫色紅色豔麗的遊覽車與灰色的道路，還有穿著整齊的高中學生，山羊瞇起眼睛，好像看到什麼熟悉的景色一樣。

熟悉的影子。

山羊說。

「我們曾經是同班，但她考上了台北的學校。」

聽到他這麼敘述，與山羊的距離就一下子消失，在火車站準備道別時，他那時候的表情，彷彿我就是那位女生。留著一樣的馬尾，會打排球，在高中的教室裡留下幻影一樣的記憶，說著謎語。然後放下高中書包，背起一整個太陽朝台北過去了。

對街有一群大學生正在水果攤買水果。

老闆的刀俐落的切下鳳梨的皮，留下一塊綠色的尖刺，那是鳳梨的頭，被其中一個人撿起來。那個人小心翼翼地用中指和大拇指捏著葉片，綠色堅硬的葉卻細弦一樣有彈性，他看了旁邊的人，旁邊人看他撿起鳳梨頭，說說笑笑地打他，最後，鳳梨頭被丟到旁邊裝果皮的箱子內。

紅燈綠了。

山羊走進火車站裡面，把手上捏著的車票塞進剪票口，不用一卡通，隨即被身後許多高中生擠進月台中。車站裡面有穿著制服的女生們，坐在便利商店的門口前喝飲料，看著水果攤上的大學生。臉上的表情快雪時晴，閃爍，令人捉摸不定。

當我正在找停放在混亂堆放的腳踏車的時候，火車安靜地駛進月台。

山羊回到家後，便打了一通電話給我。

由於我到運動室練了一下球，滑開手機時，已經是三個小時之後的事了。我把手機丟在床上，洗澡，然後打開電腦，半小時後敲給山羊第一通訊息。那個時候，當我身心都在放鬆時，不經意地找到山羊口中所說的那位女生，用臉書這種沒什麼隱私的工具。

感覺上，那位女生的面容充滿寧靜，似乎還有特別的元素在她的文字裡面。

我發現她的故鄉不是在台南，而是台東。

山羊一直傳訊息來。

一面逛著她的動態，一面回應著山羊的訊息。不知不覺，這個女生在我心裡深處形成了有點美妙的形象，不知不覺的與山羊所敘述的，或是說他心目中的那個女生，變得越來越遙遠。

感覺她的嘴唇很薄，用來微笑似的。她的照片裡總是陽光燦爛的錯覺，似乎真的背起一整個台南的太陽。

那天晚上，我早早關掉了對話的視窗。躺在床上，聽到由遠而近的救護車鳴笛，這大概是三天內的第四次了吧。我把它視為當然的台南城市特色，路上有無數奔馳的摩托車和不被控制的交通號誌，並且做了一個夢。

這夢裡的場景我確實是去過的，在快速奔馳的摩托車上，我催著油門，看著前面穿著白色衣服的山羊，他突然向左切下坡路，我也跟著他鑽到橋底下，頭頂上亮晃晃的都是路燈和車燈，又催起油門，山羊很熟悉的操控那台機車，我突然認知到，啊，這個人是山羊。

我想著，跟他認識不到半年，為什麼會很熟悉呢。

我和山羊的距離時近時遠，有時我索性放開油門，山羊也緩緩地騎著。

台東溫暖的路上可以聽見大海接近陸地的聲音。

路上全無路燈，只有機車大燈照亮著夜路，我緩緩地超過他，駛上一座橋，遼闊的大海上泛起陣陣的白光，那是中秋節前一天的滿月，浪花非常的潔白且清晰。我抬頭看天空。月亮神祕的躲在雲的後面。

這時候山羊又超越了我在前面引路，但是，駕駛卻是那位女生。

卑南大堤的盡頭是片沙灘，地上都是沙，應該是颱風後逐漸累積而成。

在一個被沙子蓋住的隆起堤防上，那女生保持著一個純潔的微笑，不管如何的聊天或是沉默，那笑容不會消失，社交地、友善地，像是第一次見到可愛的狗狗，想要表達友善一樣。是那種，無法被抹滅和遺忘的年輕微笑，無法被輕易的柔折與摘取。但是這樣反而讓我侷促不安。

就當氣氛歸於死寂時，突然她抬起頭，然後如快轉好幾個禮拜開花過程的攝像機，她抬起頭，眼睛裡跟著閃著光，閃著光後吸入所有快樂的感覺，讓情緒被沖刷至泛白。此時對山羊的記憶接近無限遙遠。

我抬頭，僅僅是看著刺眼的明亮月亮。

注意到旁邊有螢火蟲的微光，夢便結束了。

第一次來到這間大學，某次回到宿舍的時候，室友都已經離開，去各自找他們的高中同好，去參加迎新最後一場演唱會，有找八三么，儘管未來需要相處，但在這種隔離的時刻，人們還是會任性一點點。

我撥通了山羊的電話。

「喂。」

「要不要來迎新演唱會？」我問。

「啊……你下午不早點說，我已經搭上車了耶。」

「噢，好吧。」

我記得，那時候桌上有一個新買的球拍，為了融入這裡，同時，他們也為了讓我們融入，開了許多球類運動，最後，我去了人比較少的桌球隊，摸過他們的中國膠皮球拍後，去到了運動用品店，買了一個直板拍。

那日，我就看著桌球，黏在拍子上。

窗外的陽光很橘，過分光亮，因此讓室內顯得光影分明。

然後，快速地暗去。

四周都是晚餐的味道。

過了不知道多久，像是潛水那樣，海底突然蹦出光芒，螢幕亮起。山羊說：「我到火車站了啦，要不要出來？」

我趕緊騎著腳踏車，到火車站會合，接著，在室內運動的排隊入口，等了大概半個小時，整個表演都滿無聊的，尷尬，像是成發，但最後八三么出來之後，感覺大家都熱起來，奔向台前。

我被擠在第一排，看到對面有個女生，不認識。

只是低頭聽著音樂。

擺動。

接著又如快轉好幾個禮拜開花過程的攝像機，她抬起頭。

眼睛裡跟著閃著光，笑了。

因為那道路很寬敞，學生時常騎腳踏車就會闖紅燈。

在成功大學這種被切割的學校裡，車禍時常發生。某些人戴起安全帽，但是更多的學生仍然去爭奪路口的那短暫秒數，要嘛用闖的，要嘛就是壓最後的幾秒鐘。山羊說，家裡不給他買摩托車。他總是早於我們幾個小時起床然後上課，這是我對山羊生活的想像。

我一邊騎著腳踏車，一邊隨意想著山羊的生活。

雖然山羊在高一的時候就發現喜歡人家，但是卻礙於不敢改變關係這一點，遲遲沒有跟人家表明心意。

「但是我感覺得到那個女生應該是喜歡我的，只是都沒有說。」不過，這句話本身就充滿了悲哀，山羊這個人性格上的懦弱，其實，他自己也深知這一點，卻因為心中哀戚遲遲無法克服，時而浮現，山羊的表情就像牆壁上的塗鴉臉孔一樣灰沉。

某日，他明顯地低沉，悶悶不樂地一直看著手機，由於一直嘆氣，像是為了讓我問而嘆氣的。

「我把她的照片刪掉了。」雖然山羊做出了改變，但是這樣卻沒有為他的心靈帶來光芒，反而加深他的痛苦，這句話彷彿有後悔的語氣。但是照片刪去了既然成為事實，幾天後，沒有看見山羊露出相同的表情，照常的上課和跑活動，這件事應該沉落海底，不會因為我用探燈照就因此浮上來。

那天下午，山羊邀我去游泳。

在池水裡，山羊用仰式浮來浮去。在我眼前打起白色的水花後，快速向前游去。我在他後面跟著，然而，我的體力總是無法支持到最後的兩三公尺，猛一抬頭換氣時，山羊已經靠在泳池的牆壁上喘氣，一邊吐出口中的水。

接著，看我休息差不多時，又重新向前游去。

池水越來越亮，四周已經打開了燈光，讓水面閃閃發光。數百隻的夏蟲浮在水上，呈現各種溺死的姿勢，不過山羊沒有發現，因為他有重度近視。他重新潛水，然後向前游泳。偶爾提醒我上去看看錢包衣物是否還在椅上。在他說完這句話的時候，他重新打水，潛入水中拚命的換氣著，而我突然感到寒冷，卻又無法獨自待在泳池裡等待，起身走向鬧哄哄的球場邊上，坐在溫暖的水泥席。

我坐在游泳池的邊，隔壁就是台南棒球場，主持人喊著各個選手的名字，後面還有一支小喇叭在造勢。後面的觀眾在主持人的帶領中，跟著節拍呼喊。安打啦安打全壘打。

這聲音很大，在六個泳道的空曠游泳池遠遠的傳播，夾雜吐氣聲，水中的傳導讓喇叭的聲音更加獨立，人的聲音反而很難傳進水裡。小喇叭吹了好幾個音樂，當作主持人換台詞之間的間奏，這個時候，山羊從水中爬起來，一樣那個看見熟悉事物的表情，全身滴著水說：「這音樂是太陽依舊升起。」

「不覺得喇叭聲很像彎曲的蟲嗎？」我說。

「說得真噁心。」

以一個La開頭接上兩個高三度的八分音符。山羊喃喃地唱著，這個在電影中出現的主題曲，很熟悉的在耳邊迴響起，讓我的心裡像草原中的小孩，感到那寬闊的生命意義與音樂，但同時之間，在這一塊塊水面的倒影中，那些殘破的夏蟲令我不安。

山羊往觀眾席的高處走去。

游泳池的結構大概是被一整排的藍色水泥座位包圍著，中間的游泳池大概一米七，可是旁邊的走道印著一米九的深度，周圍的大樓黑色倒影印在池水中，因為台南的夜晚總是橘色，到傍晚轉成紫色和藍色。我癡迷地望著這一切，然後心中也跟著唱著，太陽依舊升起的旋律，啊，這是C大調，是任何人學音樂最初學的調性。

曾經教過我國樂的指揮說，就像最後歸回母親的懷抱，一定是溫暖的旋律。

他是否有感受C調的溫暖，抑或是那母性的枷鎖如同溫暖的泳池上浮滿了夏蟲，他突然看到了，許多漂浮在水面上的蟲掙扎著，中斷了哼唱到一半的旋律。我突然感覺孤寂，不小心脫口而出：「沒關係了吧？」

「什麼？」他說。

「刪掉就刪掉吧，」我說，「就丟掉就好了嘛。」

健康路又響起了救護車的聲音。

我想到切鳳梨的婆婆，每天、每天聽著救護車的聲音，砍下數百顆鳳梨頭。

要是有人問起，我會把大學生活說得跟千篇一律的經驗一樣。

但事實上不是。

某一天在我前往練團的路上，揹著沉重的貝斯，我突然想到這句話。因為這樣的日子，與高中生想像的生活不同，不是那種擁有安詳感覺的時光，卻跟聽到學長敘述的生活一樣，好像要掙扎什麼，這樣的念頭讓我開始反思，但是，不久後，這個念頭其實也不再重要。

如同登山或是挑戰極限的運動，全身疼痛的時候就會咬緊牙關，讓自己在十幾個小時內，不停地扼殺自己的感覺，只要記得前進或是呼吸的節奏之類的，終於，到達目的地之後，卻會說出真是愉快的過程這樣的話。

因此，我們善忘。

那麼，我和山羊現在是在無盡延長的山路，抑或是已經躺在床上，裹著電熱毯在取暖了呢？在剛到台南的時候，會感覺得到一股衝勁，那樣的感覺不停地推使我，進到一個，我高中三年一直想像的狀態，像是抽風機一樣不停地吸取四周的空氣。

不過如今，好像被困在水池裡，不足兩米的水池。

學長們再次為了讓我們融入，舉辦了迎新宿營。

四周的琴聲響起，主唱讓自己的聲音逼到極限，因此，好像很難以呼吸，我想起了一些樂理上，或是聲音上的意見，但是當樂聲結束，想要提出意見的念頭就消失了。

我意識到，這其實也是讓所有人融入。

大家都很孤單。

幾乎要張開口，想對著所有人說：「沒關係了吧？」

但看到他們暢快地、發自內心地為了彼此微笑，我便也說不出口。

某日，我看見過勞累的同屆，在熱燙的陽光底下，跟著口令一次又一次地起舞，我注意到他時不時翻著白眼。那是在求救，還是在享受呢？我難以分辨，因為最後他既得到了所有人的愛戴，卻也更加重了自己的打工，為的只是賺更多生活費，繼續跟著我們一起念完大學。

那是一輩子的友誼。

當我們下課的那個時候，就是夕陽最漂亮的時候。

騎腳踏車經過汽車的玻璃時，總會注意到在偏向上方的地方，會有反射過、黑色的夕照，那一片雄偉的光景就如日復一日的背景，鏡子中的影子彷彿會自動聚集一些美好的光芒。

回到宿舍後。

坐在床上，自然而然聚集的疲累與成就感，比起努力撐過飄雪公路的意志，前者讓我感到安心。因為有依靠，身體自然而然就會記住那種感覺，不然，它會脆弱地反抗。

自從我來到台南後，吃完任何一餐總會想吐。只要感到飽足感，不管吃完早餐、中餐或晚餐，甚至喝完一杯飲料，我都有噁心感。所以我的用餐時間都會顯得稍微晚，在錯開人們用餐的時間後，我常常一個人獨自用餐。那個時候，我通常騎著腳踏車，然後把那漆黑的光亮的車鎖丟進車籃裡，車鎖便會失去任何依靠蜷縮在車籃的小空間裡面。有一次我的腳踏車忘記上鎖，一看到車子沒有鎖，第一個念頭便是拉出停車格，然後跨步騎上。之後我發現車鎖在籃子裡面鏗鏗作響，我才意識到，我的車鎖仍在車上，並沒有被竊去。

保持一個人的安靜，是件很迷人的事。

獨自用餐後，我的好奇心便會高漲。

一面唱音樂一面隨意的騎車，只要看到任何明亮的地方，就會轉進去或鑽出來。總感覺有股力量在引導繁榮的景色，讓心中沒有任何事物的人進去。

路上總會遇見剛認識的新同學，總是在車上迅速的打招呼後離開，像是逃離。我發現只要下定決心要隨便行進後，一股驅動力便會源源不絕地帶進最舒適和熟悉的地方，我想起文學和電影裡的「向西」而行。

阿拉斯加之死提到路總是向西。

農夫也向西。

所以我感覺到心中的陌生，並且享受那種瀕臨邊界的安全。

某天，我輕易的把車子拉出停車格，發現鎖在車上的鎖不見了。我四處找，傾身向前看車籃和背包，沒有，都沒有。那天下午，當騎出宿舍門口後，燦爛的陽光如月亮一樣安詳，使得我的身體產生一股睡意，那股睡意綁住我的雙腳，空氣霧濛濛的，這時我才注意到來到台南後，還沒有看過晴空萬里的景象。路上的車子鬧哄哄的，卻沒有緊迫氣氛，彷彿只是為了加重這股濃重的空氣。下午我回到宿舍，還沒吃飯就被山羊拉去打排球。

我非常不適合排球。

然而，我起初加入的桌球隊，也解散了。

因此，我其實一直都沒有合適的活動，能和系上的人一起參與。

山羊一部分也看不下去我一直騎車亂晃吧。

那時候，我坐在球場的旁邊，腫痛的手靠在椅背上呈現大字形，眼睛看著球往高一點點的地方，大概是兩米半的高度，磚紅色的建築被背後的橘色襯托著，此時的天空分化為不同層次的雲。

系館外面響起了音樂，如夢似幻的帶著神祕感。

讓我的注意力全都放在那幅景色上。

音樂的主題類似俄羅斯方塊的，那種遞增音階，讓人想哭。

對面平扣球，充飽氣的排球擦過網子，山羊雙手打直，球猛烈的向空中飛去，落在發紅鐵鏽的椅子上。那顆球高高彈起，山羊的頭向右扭了一圈，他的狹窄的背更加彎曲，他不情願地看著地板，球仍朝著不滿意自己表現的山羊飛去。那個表情彷彿是電影演員的演技，生動的呈現著。

彎曲的山羊，彎曲的鎖。

「我們等等要一起去吃晚餐，你要去嗎？」山羊問。

「不用了，我已經約了。」我笑著跟他們揮手道別。

我想起來需要再買一條新鎖，正好此時山羊系上的學長集合大家，山羊讓我先回宿舍，我起身去牽腳踏車回去。

我的腳踏車安然的停在一棵很大的榕樹下，與其他的腳踏車緊密的擁抱，有些生鏽的車與嶄新的車互相勾纏著，腳踏板卡在金屬的銀色輪框之中。大榕樹生長在馬路旁邊，總是吸收著廢氣，只有在夕陽之下，上完課的人們才會用金屬的機械團團圍住它。

我用力的把腳踏車拉出車堆之中，我向左右移動但卻徒勞無功，最後只好用力地向上抬起。腳踏車的陣壁被推擠後，握把以及輪胎都糾纏在一起了，一面感到厭惡，一面不管凌亂的身後，跨身騎上車子，踩上踏板。

車子一經受力向前，突然有了自己意識一般，把我屁股底下的坐墊向後扯去。輪子上的鐵框緊緊咬著漆黑色彎曲的車鎖。

逐漸變得漆黑的天空，仍然陰沉。彷彿摻雜著繪畫的神祕元素，時不時地在畫布上增添一筆，讓破碎的靈感緩緩燃燒。山羊在很晚的時候打了我的手機說：「你找到鎖了喔？」

「吃完晚餐了？」

那天晚上，我讓當地人山羊帶我騎車晃晃。

他騎在前面，輕快的踩踏遁入黑暗的節奏。

無燈照路。

四周汽車野火似的燈光，映照著榕樹上的根鬚。氣氛悠閒自然。

閃光。

在傍晚的天上。

在台南的夜空常可以看到無聲的閃電，那是我在讓手臂休息時不經意發現的現象。

有閃電必有雷，但是，那如同鎂光燈星火燃燒般出現後消失。我大聲說：「欸，看天上，那是什麼？」

山羊困惑地看著再次一閃而逝的光。

「不知道。我在台南常常看到這樣，我以為當地人知道那是什麼。」

山羊對這閃電什麼也不知道。他興致昂然地討論著，是哪個研究所在做實驗吧。可是，在雲層之中露出的光芒，反照亮了其他的大樓。山羊高興的說著，那到底是什麼啊，反而比我還要好奇。

「告訴你一個我知道的地方。」

他輕巧的跨上腳踏車，而我還在打開車鎖。

「之前竟然自己忘記了鎖。」我想。解開的車鎖，我扔進了車籃。

為了快速地跟上他。

車鎖在我的車籃裡面上下的愉悅跳動。

他靠著車道的右邊前進，緩緩地，夜晚的氣氛逐漸降溫，我拿起剛剛在飲料店裡面買的綠茶，讓雙手放開手把前進，下半身的力量，控制車子的方向。飲料上的水珠飛濺到我的腳上，水珠行至的任何地方令我感到舒服，我哼著太陽依舊升起的旋律，很大聲的，任意使喉嚨的狹縫發出各式各樣的音波，有意識地對準音程上的差距，而我越唱越高音。

一樣的旋律，到了不同的調性，便會產生不同的感覺。這高分貝的雜音似乎讓山羊聽見了，他騎著腳踏車，看得出來他緊握著手把，一旦有汽車從旁邊經過，感覺出他的神經便會瞬間抽動。

他騎車的節奏會在一些看似平直的地方突然減速，我超過前，手稍微按住煞車，他便又直直的超過我。在他聽來我的聲音應該是如同浪潮一樣，又夾雜著路上車子的聲音。

他的背後深淺不一，大概是因為夜晚的燠熱使他流汗。

我看著他的白色襯衫上面有些灰色汗水，有些快速地向前。

突然他把車子向左下切去，我也跟著騎上去，下坡的滑動使得我放鬆神經，在前面的車子逐漸放慢速度。我突然意識到山羊口中的目的地大概到了，這裡是一塊黑色沒有路燈的柏油路，四周都是廣闊無邊的農田，只是非常漆黑，如果不小心失足，大概沒人發現。

直到自己重新爬出來求救。

月光明亮。

我索性放開雙手，讓腳踏車自然滑行。

這條新鋪成的馬路尚未通車，上面還散發著白天吸收的熱氣。

車輪緩慢的前進，手掌心感受到風，突然注意到台南沒有滿布的雲，天空一望無際，都是最純潔的黑色天空，而中秋的月亮似乎重新再生一樣，照亮著我暫居的台南，照亮山羊生長的世界。

在移動的車上，我看到。

雲朵如同羽毛般圍成一彎圓，中間的空間直通天際，一朵朵白色的捲雲遮掩著白色的月亮，讓雲朵的影子映在地球的反面，而月亮被這廣袤的宇宙包圍著，緩緩地移動著，我的視野正在向前邁進，直到遠方的地平線與台南市的烏雲中，那烏雲裡面有著跳躍的閃電。

那是紅色精靈。有著奪目而寂靜的特質。

若是我們消失了，那一定是安靜的世界。

山羊坐在溫暖的柏油路上面，享受著這時刻。可是似乎又有類似那種無法避免的事物，如夏日泳池裡的蟲屍一樣自然，把他像是扭曲了一樣地思考，為什麼我能知道，因為每次儘管他都能在晚餐的時候，跟著排球隊上的人一起晚餐，但最後，在我過分推遲的晚餐與漫無目的的探索結束後，打開宿舍的門，我也一定能夠看見他，百無聊賴地看著黏在拍子上的桌球，用食指，戳戳球拍。

「你在啊。」

「嘿。」他羞怯地，像是不小心被發現自己的好意那樣，笑著。

所以他要像切下果皮一樣俐落，切下尖尖的綠色鳳梨頭，留在那棵樹上面，綁住了無數台腳踏車。而我撿起那尖銳的尖刺，卻發現那柔軟的，如同C大調母親一樣溫柔，彎彎曲曲，令人動容。

我想，我們必然會成為永遠的摯友。
然後山羊，抓起我車子裡面那條彎彎的鎖，拋向那藏著溫暖黑暗的農田裡。

C‥成層 Stratification

你突然理解，看著洋蔥、橘子或是咩咩。

名字太模糊了，然而成分相同。

隨著事物累積的過程中，隨著時間，遺物們形成一個個上下堆疊的關係。衛生紙，從衛生紙裡面，他聽見了遙遠的聲音，那是月亮裡面，他們三個人說，「考古學也想了解人類過去的行為，更想解釋行為背後的意義和動力，也就是人們的社會演變的原因和動力。」沒錯，他點點頭，沒錯。你的母親也這樣對你說過，你的高中時期也曾經這樣，你也被愛過，你也被拋棄過。為什麼整個地層都能夠拉出一樣的遺存呢？

嘔吐的時候，顏色都一樣。

啊—嗚噁。

為什麼呢？太像了，大家面對一樣的問題，讓整個地層都快要融在一起了。這讓你覺得，這很噁心，殘留在胃裡面，尚未溶解的食物流在馬路上。啊，所有過去的行為，都是這樣了嗎？你想起堆積如山的螞蟻、胡蜂。

遠方。

你去到遠方，花費了太多時間，以為可以離開地層，但是時間不是問題，你拿著小平鏟向下一挖，洋蔥、橘子以及咩咩在井裡看著，挖穿的地層已經被透水層淹滿了。

青蛙在井裡，牠問：「你有看到我的朋友嗎？」

你問：「牠們在哪裡？」

青蛙說：「在月亮。」

你抱自己，感覺溫暖。啊啊—，你感覺全世界都在下降，所有的物品都會壓密，都會下降，直到我們抵達地心。地震又發生了，青蛙們想要跳出井內，但是牠辦不到，只好遙遙地對著你喊，嘓嘓。我明白了，交給我吧，你真的這麼想。

你突然很想要吃蛋糕，吃點什麼甜的都好。就這樣度過以後的日子，一定相當的不錯，沒有恨，也沒有愛。是的，畢業這麼久了，你看過那些消失的、沉淪的，把臉書、群組都退光光的人，你不明白，他們是下定決心，還是放棄決心呢。

同事看著你，他說：「你是要不要按開始？」

排位排到了，午休時間剩下二十分鐘，你很睏，但是還在等一份麥當勞的雞腿塊，中午時間排得長長的人群都在低頭，已經是本週第三天吃麥當勞了。「等我，我先記帳。」你說，卡娜赫拉記帳本，集滿可以看故事。

月亮也太遠了吧。

「在最後研究討論的鯨魚骨骸案例中，測試數種不同清潔方法，結果發現有一些方法不適合清潔鯨魚骨骼，但有些方法效果卻非常成功。一種成功的清潔方法，必須滿足下列幾個必要條件：便宜、簡單、不會對物體未來的完整性造成損害、需要最少量的昂貴設備、且對環境和使用的博物館修復人員之健康造成的危險性必須極低。」

——《典藏文物的污染清潔技術與運用以物理及化學處理技術為例》

離散

1

「現在一片漆黑。」

滒對著你說，黑暗傳遞著他的聲音。你打開車門，車子一點動靜也沒有。自動感應裝置既沒有運作，儀表板也沒有亮起警示燈。這台從市區租來的轎車，失去了生物反應，變成了無機質，你對它的聲音有點敏感，於是下了車。海邊沒有月亮，遠遠的看得到一顆星星。

那應該是人造衛星，海上通訊用的。滒說。

滒朝著車頭的反方向前進，讓你覺得很奇怪。

「不是要往另一邊？」

「不是啊。」他說，「向這裡。」

「這麼肯定？」

瀞便沉默地笑了。自瀞的父親決定徹底教育自己的孩子，瀞便無法再決定要什麼，彷彿已經花光了所有的提問與回答；那時，你們兩個人靠在腳踏車上面，轉著腳踏板，漫無邊際的聊天，想吃的。你們的對話充滿了無意義、無用處的往來。

「你知道海上要怎麼定位嗎？」

「用訊號？」你用手機照著前面的路，感覺正在下坡。瀞走在你的前面，不過感覺得到他知道自己的位置。四周非常的漆黑，距離比較近的光會吃掉比較遠的。

「但這裡沒有訊號。」

「但我們有租車紀錄，應該會被找到的。」你說。「等等。」

「不一定。」瀞說。

漆黑的山區小路十分悶熱，樹葉釋放二氧化碳跟氧氣的過程，使得空氣加溫。你們走到一處平台，有片湖水，被陸地包圍著，大水匯集之處。很久之前，瀞還會畫漫畫，是那種認認真真，打算成為什麼的那種態度，不過，大學畢業後偶然問起，他就只是笑笑地說：「有嗎？」

廢棄的汽車泡著些微橘色光芒的水，上面浮著彩色的膜，點燃後應該會成為一片火光吧。廣袤的水面上，有一個窗格，掛在很遙遠的夜空上。四周廢棄的轎車互相交疊著，大部分剩下骨架。神奇的是，所有的海浪就像漣漪一樣，靜靜地飄散著。

你們划開水面。你永遠記得，那片水面是如此的溫暖，像是泡在地球的某個角落，沒有人可以打擾，像是剛剛哭之後或者是短暫睡著後醒來，寧靜而錯亂。瀞在前面走著，不發一語，帶著你穿越著水面。天空中的衛星開始移動，就像滾動，隨著軸心不變動地移動著，悄悄的在你的身後落下了。

瀞開始變得越來越緩慢，起初，你並不知道，後來，你發現天空中再也找不到那顆海洋衛星時，瀞問：「我們在哪裡？」

你也不知道，但你一直嘗試想要釐清自己的位置。

你開始跟他聊著，同系的時光。從一開始在大樹之下，在錯亂的廢棄腳踏車之中抽出車子，以及後來如蝸牛窩在房間裡面，看著漆黑的電腦，你緩慢地將時間推進，有時候停下來的時候，瀞也會跟著停下，來，跨開腳，小心水底下的廢纜線，但他緩慢下沉。你知道，必須說出一件很重要的事情，他才會把腳從泥濘中拔出，重新走著。然而，有幾次明明你說出了很重要的事情，瀞依然沒有繼續向前走。漸漸地，海水已經淹到他的胸口。你不懂為何瀞不繼續向前，但你不希望瀞就此沉入水面下，那會使你，再也找不到瀞。瀞也將不復存在。

你得要說出，真正重要的事，瀞才會清醒。

於是，你只好將與瀞第一次在社辦寫漫畫大綱的時光交出。

2 Kinematic Free Surface Boundary Condition (KFSBC).1

看得到嗎？可以。那就進來吧。

你跟瀞在他們社團的辦公室裡面，熬夜到天亮。

那個晚上，瀞聽著歌，而你坐在旁邊看著流體力學。那次在台南大地震之後，倒塌的樓與斷裂的管線，台南城區的居民，晚上都用不了電。晚餐過後，天空便開始降雨，大學路一排的影印店都暗著燈，你坐在瀞的機車後面，看著一間間存放著大量紙類陰暗空間。菸點了起來，路邊有一位留著鬍子的男生站在店外，看著雨，以及被淋濕的樹。那天下午，什麼都有點潮濕，讓你想早上橄欖球場上的紅色土壤凹陷的部分，應該成為了水漥。

都停止了運作。時間似乎沒有作用了。

就在這樣的時光之中，明天確實要考期中考。瀞在水利系裡面，已經被二一過一次

1 這是你最有自信的部分了。自由水面運動邊界條件：水面可以被描述成這個形式F(x, y, z, t) = 0.，考慮偏微分之後，整個型態等於零，代表著，不論如何，最終，都會在回到某個時間內相同的點。因為空間與時間互相抵銷了。所有的事情都被濃縮在這個環圈裡面，如果跟著一起動，只會回到原點而已。但是，也唯有回到原點，你才能確定這裡是一切的開始。如果要從頭，就從這裡開始理解吧

了，然而，這依然無法阻止他在今天寫完漫畫大綱。「可能不會睡了。」瀞說。

凌晨三點。你抬頭，看見瀞的電腦被斜放在一邊，坐靠著鐵櫃，不小心睡著了。你站起來，用腳戳瀞。瀞短暫地掙扎之後，張開眼睛看向電腦螢幕，接著再看著你。

窗外的雨落在黑夜之中。你問：「你正在寫什麼呢？」

瀞發愣著看著這個問題，就像是等待解釋的推導考卷。你突然聯想到五個小時後，瀞可能就是坐在水利系藍色塑膠椅上面，有著一樣的表情。上面可能寫著老師上課的時候，重複重複重複強調的，離散方程式[2]、邊界條件推導之中一個，可能是離散方程式，因為這樣才能接著考後面的深水波公式。不過，瀞彷彿抓住夜晚中的貓，對你說：「你想知道是什麼嗎？」

「說吧。」

「很難懂的。」瀞說。

這大概是第三次看他的漫畫草稿或是分鏡。第一次的時候，是他欣喜地完成草稿後，在ＦＢ上面洋洋灑灑的複製貼上，那時你剛看完流體力學的第一章考試，心煩意躁，便看完了瀞的草稿，看不懂。第二次，瀞換上寬褲，要去父親那邊工作，電腦開著放在桌子上，你無意見看閒了他的分鏡。其實，你並不覺得瀞的漫畫出彩，更應該說，他的漫畫常常令你迷失在自我建構的文字之中，看似突破卻無從辨認的線條，以及掩飾基本功不夠的迷亂畫風。如同他的一篇長自傳。問題是，這樣的東西到底有誰會買？政府會買水利工程，因為他們需要保命，普通人會買勵志小語，因為他們需要清潔自己，但誰要買破碎？

但是你仍相信，某天他能夠完成你看得懂的漫畫。

因此，儘管你看見了開頭，覺得不妙，你仍然安靜、動也不動，如一尊佛像看完瀞的大綱。

2 又稱作頻散方程式(dispersion relation)，在水中，不同的東西以不同的頻率前進，沒什麼可以將他們抓在一起。而這個方程式也是水利系大三的重要考科《波浪力學》裡面一定會使用的方程式。描述波浪有四個邊界條件KFSBC、DFSBC、PLBC、BBC。有了四個邊界條件，就可以定義難以理解的波浪。

大部分的時間，我都在找一種秩序。

父親將水泥割開，這個味道，應該就是水泥燃燒的味道了吧。沙子與水泥比例3：1，加入適量的水之後，就可以調成一般工地使用的水泥。然而，我並不能明白什麼是「適量的水」，究竟要將水泥變成什麼樣的稠度，才能夠合格的被抹在牆上呢？就像揉麵團一樣，父親說。他的臉與衣服上，沁著汗水與水泥灰，眼睛周圍布著細細小小的黑色粉塊。這樣如果在他的臉上加上適量的水，會不會永久將他的臉定型。永遠就成了，皺著眉毛，張著嘴喘氣的，神態疲累的人……。

切開水泥之後，最麻煩的就是那些鋼筋了。

父親將無窗小貨車開了過來，將兩米半的鋼筋彎在兩個窗戶中。啟動小貨車。父親彎著腰，將頭埋在方向盤裡，鋼筋距離他稀疏的頭頂不過兩三公分，一往前開，A柱一下子就陷了下去……。

像是小倉鼠一樣，陷在社辦裡面柔軟的靠枕上。你似乎第一次看懂了瀞的漫畫大

綱。他明確的描述了他的父親、工作上的相處方式，以及他如何看待自己的父親。看懂瀞的漫畫這件事情很奇妙，因為實質上，你還是認為這仍是他的長篇自傳，但妙的是，瀞所講的那些事情，曾經說過一次，所以你好像能夠理解了。嗯嗯，就是這樣的味道，這個就是那個做廢土石方的父親。

那一天，大概是颱風快來的下午，午休醒來，你就聞到了泥土混合著雨水的味道，外面還有很大聲的蛙鳴，走廊上似乎都浸滿了水，你心情十分放鬆地拿出昨天偷偷借來看的漫畫，哪一本你忘記了，但是你仍然記得，那是你國中入學以後，第一次有了下課待在教室裡的慾望。

無窗的車骨內，裝滿了雨水，國中年紀的青蛙在裡面呱呱哇哇叫。

你十分肯定，瀞的父親一定真實存在某個缺陷。可能是自殺、暴力、無知等等。瀞也是，他應該也存在著某個精神缺陷。而且，最重要的，瀞想要滿足被理解的慾望，不如說，他希望自己跟父親被理解。應該吧，你想，不然瀞幹嘛寫這些。

被誰理解呢？你喝下冰奶茶。

你和瀞吃著早餐，從剛剛開店的早餐推車買回來的。儘管下著細雨，但是社辦裡面榻榻米的竹香令人感到乾燥舒適。

瀞不可能在今天完成草稿了。

他畫得太慢了。儘管如此，更遙遠的，你今晚似乎懂了兩件事情，一個關於離散方程式，一個關於瀞。

「幾點了？我還有多少時間可以弄？」

瀞問，他似乎很開心你喜歡這篇大綱，至少看完了。

「再半小時就要考波浪期中了。」

「該惡補一下了吧？」

你給他一張有點潮濕、溫暖的紙。

紙上面寫滿了期中考試的重點以及考古題解答。

3 Dynamic Free Surface Boundary Condition.(DFSBC)[3]

從清晨的夢裡醒來。

這是瀞常用的開頭。你想起來了。儘管在他大二休學以後，就很少看到他完成完整的漫畫（但是他仍然保有許多創作的慾望），但是幾個印象深刻的開頭，你仍記得，像是燒水泥的味道。所以，當說出第二個記憶時，你也是這樣開頭的。

然而，瀞似乎不記得了，他就是一動也不動地站在池子裡面。

都停止了運作。

不，是離散。

頻率短的水波與頻率長的水波相遇。

---

3 不管推導幾次，DFSBC你都無法好好的記起來如何推導。你大概只能想像，描述了一個適用Bernoulli's equation的水面。但其中，Φ勢能為何存在，使你頭痛不已。然而，這條界條件就是存在在這裡，你必須理解，否則，必然遺漏重要的部分。

會融合、扭曲，最後招致破碎或是分離。

但是數學上，它們終究是分離的。那天考卷上第一題，這樣寫著，寫出離散方程式，以及四個邊界條件於波浪定義的位置。瀞說過，他那天在考卷這樣寫下後，便直接去註冊組辦了休學，沒有回去睡覺，直接去了父親的水泥廠——

$$\sigma^2 = gk\tanh(kh)$$

然而，瀞根本無從知道其中的意思，他只能照著印象中所學的寫下，h是深度、g是重力加速度常數、σ是頻率，但是k是什麼，而更重要的是，為什麼深度與頻率會有關聯呢？瀞痛苦的閉上了眼睛，就好像是祈禱那樣地長考，但下意識不停地咬自己的指甲。

想像一個池子，裡面有一個規律的造波器，造出一個一個橫波。依照這個等式，當深度越深，頻率便會越高。然後呢？腦中的水池陷入了彎曲空間，精神上的壓力影響了想像的可能。他不能理解，為什麼水深與頻率會有關聯，一個不停造出水波的機器，為什麼會受到深度的影響。

必定遺漏了什麼能理解的部分。[4]

他的父親理解得更少，但是他的父親確信瀞只是不想要努力，他認為，瀞拋棄他，那只好，我們彼此就是這樣吧，再也不需要對方。先意識到這點的，是瀞的父親，儘管過程有一點歪斜，但是卻恰好地證成了某個完美的結果。瀞不再需要到父親的水泥工廠了，他也不再收到父親的任何資助。

那天中午，（在某個分鏡中是一片微微的鉛筆塗色）山中有些霧氣，他騎了一整天的腳踏車，天知道他為什麼要從台南騎去找他爸，總之，略有點決心、好奇，甚至如同

4 這時候，你理解了瀞致命的問題。其實沒有所謂的造波器、也不是在海邊所看到的那種碎波。而是假定在微小振幅的狀況下，我們可以透過X與Y方向運動方成，推導出離散方程式。那時景象，你會看到，一串串微小的漣漪，在水面上移動著。像海一樣的水面。瀞對離散方程式一知半解，是不是代表著，你其實也不會認識過瀞？

奉獻的道僧，他滿頭大汗地抵達父親的工廠。

「你不要再過來這裡了。」

「為什麼，我很少來這裡幫你忙耶。」那日中午，瀞這樣對父親說，他想伸出手，笑著想拍父親的背，像是拍著自己的朋友。

「別假了。」

「什麼？」瀞愣住了。

「別假了，你這樣笑很奇怪。」

「你根本不想要過來。」瀞的父親說。「所以也不用再裝了。」

那日，瀞感到嚴重的剝奪以及莫名的自信。

當晚，他一連開了好幾個網站的分頁，以前直接忽略，或是認為沒辦法的插畫獎、徵稿，都存了下來，雖然是存放在桌面，沒經過妥善的整理（他也沒有額外的精力好好地整理散亂的資料夾。當時，他還能夠起床，已經耗盡了他所有的心思），但他仍然感到無比巨大的決心。只剩下這個了，只能這麼做了。他想。

他寄了許多家報紙的副刊、漫畫市集以及合輯展，許多完成一半的、下午寫出來的，整理起來，像是子彈一樣，砰砰砰地送出去。

最後，他在累得不能再動時，即將入眠之前，想到了他的父親。

會不會父親只是在等他低頭，就原諒他了？

「畫得真差。」你想，但你沒講。

瀞的產量更多了，在休學的一年內，他畫了各式各樣的作品，甚至還自己開了付費專欄，每點開一個網站、網誌，他都不停地定義自己：自由業、篤信真實、不接受教化。你雞皮疙瘩滿面地看著，這是在寫什麼，看不懂，自從瀞不寫自己的父親之後，他所有的作品都在繞圈圈，鏡子裡面都是他自己，繞在自己身上，空的，很無聊，並且隨處可見。

你理解的離散方程式有很多種物理學上的解釋方法。

你知道，物理上的解釋，沒有絕對正確，只有權威性。在當代有限的實驗方法中，想出一個最合理的解釋方式，然後讓所有人都覺得這個解釋最貼合著現實。例如，就一個最簡單的舉例，光的二象性。被蘋果砸到的牛頓（也是發明微積分的那個），他說，光是粒子。

但也可能是波浪。

你後悔沒有早點向瀞解釋什麼是離散方程式。

因為，如果費盡心思解釋，瀞仍然不明白呢？

如果，在筆記的其中一段，用註解的方式引用說明，連結到羅伯特的那本原文書，以及在難以理解的式子中，加入你理解這些式子的過程，瀞真的會看嗎？但如果瀞跑去讀波浪力學，那麼，你也無法看到瀞的大綱了（那個用盡很多力氣，真誠地講自己父親的大綱）。你明白，在你們的友情裡，除了無用處的往來與對話之外，如果再往下探，就會沉沒。

你不確定，水面線在哪裡。

如果你不能確定邊界條件，那就是虛無，沒得理解。[5]

就像那天晚上，瀞幽幽地回到了宿舍。一回來，就是躺在床上，看著筆電到凌晨。你不確定要不要跟他討論早上考的波浪力學，因此來來回回在他的房間門外面，經過了十幾次，最後，你拿著剛買回來的鹹酥雞，敲著他的房門。

「欸。」

「嗯？」

「早上的筆記你還留著嗎？」

瀞從床上坐起，滿懷歉意地看著他的書包，書包裡都是被凹折的考卷以及紙張，有股潮濕的霉味。你看著他從裡面拿出一疊紙，並且不好意思地對你說：「抱歉。」

「沒關係啦。」你收下。

5 教常微分方程式的老師一直強調的「要有邊界條件，才解得出特解」，特解就是特定的解。當發生特解時，我們假設了其他變量都不存在。時間、溫度等等。如果我們都假定它們不存在或是為零——

接著，你就關上了門。

結果在關門之後，你卻突然後悔著想起許多應該要說的話。你還好嗎、打工面試考得如何、新故事完成了嗎、要不要吃鹹酥雞。結果，那個晚上，你如一位非常冷漠的朋友，你知道該做什麼，並且心知肚明，但是卻像分裂出兩個特性一樣，遠遠地，向著越來越淺的岸邊傳遞。

你像夜晚的貓一樣，看著那扇門。你覺得，必然遺漏了什麼。

4 Lateral Boundary Conditions.6

關於離散方程式的前身，$CaTa = CrTa + UTa\cos(\delta-\alpha)$，這是最初始的定義，它捨棄了從各個座標相位去參照波浪流速，用絕對座標系去定義一個絕對週期內的波浪關係。然而，若沒有假設微小振幅的情況下，吾人無法從這個關係式得到任何有意義的資訊，是以，我們已經能夠描述波浪了，但同時也對波浪一無所知。

廢棄車架裡，裝滿了青蛙的卵。

你明白，起初給了瀞波浪力學的筆記時，你便希望他夠被理解。在水利系裡面，每年大概會消失二到三個學生，他們都是休了學，而從未復學的人，或是被退學後，從此沒有出現的靈體。這些是你無法理解的。學測、指考，高中三年，大學四年，你認為你並非那種守舊思想的，也能夠明白追求夢想以及機械化生產學生的恐懼，但你就是無法明白，為什麼，這些人又是永遠消失了？沒有留下理由、線索，哪怕是在陰濕巷子便溺的人，也存在著能夠理解的線索。

但你不明白，為什麼有些人偏偏什麼都沒有？

青蛙的卵，下雨之後，變得有點殘缺不全，互相牽引的泡沫，缺了很多。諷刺的是，你雖然喜歡著那篇漫畫，卻不能明白為什麼過著那樣的生活。

6 你更不明白的，是這個邊界條件Lateral Boundary Conditions.。不是那種物理上的不明白，只是不懂，為什麼這麼簡單的東西，有存在的必要？他只說明一件事，經過了一個波段，會增加△X以及△T。簡單到令你不禁懷疑，為什麼需要被理解？

至此，你才發現，瀞開著來時的黑色轎車，離去了。遠遠的，你看見那個黃色的車子光芒（似乎距離越遠，光線就會偏折變成其他顏色），從山間漆黑的縫隙消失了，你深深地懷疑著，為什麼呢？

還有什麼呢？你想坐著思考，便找了一塊廢棄的車骨，打開凹陷的車門，坐在仍存著沙發的車子裡面，思考著。瀞越沉越下去，你放棄拉住他，這樣反而比較好，有時候你認為，他根本就是故意要在這裡沉下去的。

一抬頭，那顆海洋衛星便在頭上。你想起瀞，他無數次投稿、失敗，並認為自己毫無才華。這應該是努力的過程嗎？或者，他為什麼不選擇好好的讀完水利系呢？水利系幾乎只考考古題，大部分的時候，就只要記住就好了。接著，你突然發現，一個令自己驚訝但卻合情合理的事情。

你想要繼續談關於瀞。

在這個巨大的水工試驗廠裡面，你想起來了，在台南安南區那裡，你找到瀞腳踏車的地方。而你確信，這樣會使你逐漸地，能夠明白瀞的一切。

5 The Bottom Boundary Condition (BBC).[7]

海洋資料站的味道是什麼？

腐爛的海洋生物的味道集合。瀞說。

長久浸泡在海水裡面，被拉上岸之後，外殼通常要清洗加曝曬一週。而近水文中心周圍就會惡臭無比。當我們打開那黃色的堅固的外殼（通常那會是一個三角結構，底面並非是正規的半圓，而是四面體的弧面，以減少晃動），裡面只有一台電腦，以及連著GPS收發器，黑色的圓餅狀。外殼的設計，很有工程上的巧思，反而儲存資料的核心，內容非常的簡易。

甚至簡單到令人懷疑是否有在運作。瀞打工的地點，就是在那個中心，當臨時的工

7 這是最後一個邊界條件了。底床邊界條件，被描述成 $z = -h(x)$，並且 $u \cdot n=0$，代表不隨時間改變。只要找到沉沒在海底的東西，就可以描述整個波浪了。然而，假設時，仍故意忽略了底床的透水性。好吧，沒關係，你想。究竟沉沒在最底下的東西，是什麼？

讀生，學校發的工讀金是基本薪資，一小時一百四。然而，加上接了家教薪水，瀞生活仍然足夠應付學雜費以及房租。

最令瀞痛苦的，應該是他已經無法好好地畫出漫畫了。

尤其他的生活接近海、資料站的核心，裡面常常被海草跟海鳥屎塞著。尤其是颱風過後，資料站常常被吹到很遠的地方，因此出外勤的時候，總是疲累萬分，至少他是這樣說的。依靠海洋衛星定位出橘色半球浮鐵，但是，每次漁船（近水文中心買不起自己的觀測船，之前那艘在台東沉沒了）接近了定位區，圍繞著可能誤差的地方，不停地搜索。船長斜打著方向盤，速度調到船身承受的最低節，柴油引擎吐著煙、熱量與剩油，在水面上形成一塊透明的膜。

陽光太熱，颱風過後的海上仍不平靜。

那塊黑色的GPS圓餅，大概沉沒在海底大陸棚上了。

你試著理解，某個下午，瀞復學前一個月，瀞回到宿舍後對你說的這些。因此你試著理解。你想要確定，瀞先前描述的海洋資料站，是否能夠建構瀞這個人。

去圖書館找到《深海資料浮標作業流程》。書上第一章：資料浮標有什麼構成？錨繫（分為300m鋼索、5500m繩索、20m鐵鍊）、資料浮標殼體（圖5）、尼龍繩（布放用），第一章沒用，應該要跳過。第二章，「中央氣象局為了掌控颱風侵襲台灣海域前24小時的海況及提升海象預報模式之準確度，於民國95年5月在台東外海約200公里處（加瓜海脊）成功布放一座深海資料浮標，當地水深為4800米，8月份並藉由海研一號完成——」講的是放這個資料站的理由。但是這與瀞有什麼關聯呢？

你翻閱著書裡的章節。但是沒有找到任何一個能夠幫助於理解瀞的資料。

泥土，不，油污混合著湖水。

陸地包圍著這裡。

大水匯集之處。

在泥中，瀞掙扎地爬起來，一如那個下午，他看你翻著作業流程，笑著拍著你的背，他的手濕濕暖暖的，很舒服。「你幹嘛看我的書。」他笑著。「我想知道你在幹嘛啊。」你說。

宿舍這種地方，是一直都會有人住的。人的氣味、頭髮、皮屑，會長期占據此處。而小蟲們明白人類的習性，窩在安全、溫暖的門縫或是櫃子夾層活著，永遠會好好保護自己，並一直活下去。你不知道為什麼，想著蟲，想著一直活下去之類的話。瀞說，他掉下去海中的那一次，他以為自己會像那顆不見的GPS接收器一樣，就這樣完全沉下去。不過，為什麼他會自己游上來呢，自己也不清楚，從船上感覺不出來，但是海浪一波波打在他的臉上，他奮力地向海面揮手，一面又非常恐懼地想著，要是他們沒發現他，那麼他得保存體力，聽過漂流最長的時間大概是三十幾個小時。

要仰漂嗎？他想。

天空非常的厚。

「所以我那時候便明白了。」在社團辦公室裡面，你們聊著他那次的遭遇：「不，不應該說明白，就只是很小的感覺，這種事情表現不太出來，但我應該明白我爸爸的感覺，我大概知道，他應該也遭遇過一樣的事情。」

「你說，溺水嗎？」
「不是，是一切都沉下去的困境。」
「是嗎？」
「你為什麼要看那本書啊？」瀞問。
「我很好奇水資源中心到底在做什麼。」你說。
「其實，平常很閒。」
「閒到不可思議喔，所有人都在忙，但只有我坐在那邊，看自己的書。」
「但我其實不想看書的。」
「所以我得回去找我爸了。」
「他也老了。」
「七十歲了。」
「很老了。」
「我大概不會再假笑了，應該。」他說。

青蛙、車骨、來時的漆黑道路都已經消失。一片廣袤的水靜靜地擴著漣漪。安南水工試驗廠裡面，只看得見星星與氣象衛星。說說瀞寫不出漫畫大綱之後的故事吧。但是，在那之前，你想先做一件事情。雖然必定會被遺忘，你仍堅持——味道，對了，就是味道，燃燒的味道嗎？不，不是，是那種一直都有人的味道，宿舍裡面、社團辦公室裡面，小蟲吃著皮屑的味道。

瀞沉沒之前，你在廢棄車之中，找到一個凹陷的鋼筋，你舉起了它。

「看得到嗎？」

……。

「你看得到吧。」你看著淤泥的中心，對著那冒著泡泡的地方說：「不然你為什麼不繼續畫，也不繼續讀了？不要躲在下面，你看得到吧。」

……。

你用力刺下手中的鋼筋條，淤泥很柔軟，越深的地方，就有小的混凝土石塊。你蹲著馬步，一面想起瀞。他喜洋洋地說，父親終於原諒我了。一面用力的再次把鋼筋刺下去。咚。

「你爸根本不會變好，你回去討好他，他也不會真的接納你。」

咚。

硬塊。

你繼續用力向下刺。安南水工試驗廠裡面，你安靜地做著內業數據，這是一種自我觀照。很奇妙，把數字分類，先按著時間以及高程，把波速、流速先填在A表上面，這樣的動作大概需要半天，並同時檢覈有沒有過於偏差的數字。接著再一個個輸入到公務電腦，做成XML檔，匯入到MADLAB。流槽有四個，一週做四天，最後一天跟教授說話，周教授總是說，你下課後會去哪裡啊，總好像想著下課後的時光一樣，你會說，繼續做內業吧。離開辦公室大門，陽光從台十七線照過來，夕陽染了天色，建築物黑漆漆的，你總會想起離散方程式跟邊界條件，那就是一週的始末。

你感覺好像沒有橋了。

勾中了什麼。

你繼續用力往下推，用盡全身的力量，將手上的鋼筋往下推擠。

噗嚕。泡泡持續冒出。

你蹲下，對著鋼筋插入的地方，用氣音把話一句一句說。

「我看過你工作的地方。」

「你騙人，你根本沒有回去找你爸。我找了很久，在山上找到，那是一片廢墟，裡面只有一台廢棄的車，以及你爸。我看到你爸，他很斯文，請我到控制室裡面喝茶，因為剛剛還有官員場驗完，所以泡茶有剩下，他問我，你在哪裡。」

「我說，你還在水資源中心做助理。」

「他滿意的點點頭，轉身繼續按著儀表板，多少砂、多少水、多少石頭、多少藥劑。然後他說，水資源中心是做什麼的？我想，我他媽怎麼知道？你到底要不要起來？到底要不要面對？你爸明明就不是做廢土石方，為什麼要繼續逃——。」

勾到了。

油光閃動。

你伸手下去摸，直到身體伸展極限讓你痛得難以忍受，手才好像摸到一個廢棄的、生鏽已久的腳踏車。那種痛的感覺，很像是你不停地跟瀞的父親撒謊、不停依靠資料去虛構的感覺。

6 dispersion

首先我們解釋一下「離散」（dispersion）是什麼？在水中，不同頻率的波以不同的速度前進，因為沒有什麼東西可以把這些不同的頻率一把抓在一起，因此基本上，複雜的波形會一路改變其形狀。它的波峰漸漸達到最高點，然後超越波的主體。波浪會碎成較小的擾動，最終則變為一團紊流(turbulence)。此現象我們稱之為離散。

大概今年都是個破碎的一年。

你開著車，整路都是上坡，一面回想交出論文的時候，你問起，教授記不記得瀞。

意外地，周教授說他記得，有一次在課堂結束後，瀞問起教授說，如果波浪力學的假設先模擬微小振幅，才能得到離散方程式，那麼，接下來我們要怎麼預測海洋？周教授說：「你有興趣啊？」

打開大燈，夜漸漸深了，你看著地圖。

衛星要怎麼定位？

海洋要怎麼知道流向？

因應不同計算需求能選用卡式或球面座標系統：垂直網格可採用 SZ (Hybrid SZ coordinates) 及LSC^2 (Localized Sigma Coordinates withShaved Cell) 的座標系統。其中陡變地形是許多海洋數值模式一項重要的挑戰，地形的陡變會造成壓力梯度變化劇烈，在海洋數值模式計算中會產生偽流 (spuriousflow) 的問題。你論文就是處理這個。Reducing spurious flow in simulations of electrokinetic phenomena。

你發現，越讀越深，就會越陷越深。

越是想要理解什麼，什麼都會變得太複雜。

無盡的邊界條件。

盡頭到了。

你打開門，走進水泥廠，瀞的父親正在等你，在控制室旁邊的小會議桌，放了兩個便當，他沒有動，和善的等你到來。你有點不忍，跟他說道：「怎麼不先吃啊。」

「我不用。」他說。

你拆開橡皮筋，想起今天要說的話題，對，漫畫，瀞的漫畫。看著影印機吐出一張張紙，那是從多年前的共用資料夾撈出來，當然，瀞的帳號上線時間是兩年前，你大學畢業，他不見了，他說要去找自己的父親，實際上沒有。你見了瀞的父親，只好撒謊說：「他很忙，水資源中心在台灣各地海邊跑，你看這本守則說：在台東外海布放海洋資料站。看起來好累。」你說，你原本只是在心裡想而已。

瀞的父親驚訝你喊累，在他眼中，你就是一個精實的少年。他說：「要不要先休息一下，我去看個配比，這房間讓你休息，我等等回來。」

「不用了。」

你在包包內翻找，找到瀞那篇漫畫時，看見了那些字還猶豫了一下。

要給他看嗎？

教授那時候對瀞說：「你有興趣啊，那來做研究吧，不然你一輩子也搞不懂的喔。」說好兩個人要一起去，不過瀞沉迷漫畫、沉迷社團、沉迷工作，真的沉了下去，最後只剩你，你還在這裡，為了LSC^2 座標系統對水域中地形陡變而發展一個新的數值方法，可有效避免因地形陡變產生偽流的計算誤差。瀞，你的疑問早就被解開了。

連偽波都被克服了。

你將手上的漫畫大綱交給瀞的父親。

瀞父接過漫畫大綱。

那是你讀過數百次的漫畫大綱，因此你知道何時會看到哪一段，並且發生了什麼事。

手遞回紙。

瀞的父親說：「還有嗎？」

你打開包包，發現裡面空無一物。

大概花費了兩三個小時，你跟瀞的父親解釋，自己將來要上新竹，去讀海工學會的工研院產科國際所，不，沒有解釋得這麼複雜，你記得最後你們是相談甚歡地道別，他也沒有突然暴戾地說，我兒子呢？我兒子呢？也許瀞唯一說過的實話就是，瀞的父親真的意識到，父子關係結束了。

你向著山下開去。

那是旗山、壽山一帶的縣道。

在高雄港初建成之後，帶動了附近一整代的工業進展，壽山、燕巢內壁的石灰，是製作水泥的優良材料，彼時台灣正停留在乾式法進行水泥燒製技術，只要行車經過月世界、旗山附近，那味道可說是相當刺鼻。

畢竟那也是鹽酸的材料。

如今，水泥廠也變得相當現代化。

沒有隨意棄置的廢土石方、鋼筋、廢料、廢砂。為了讓政府官員能夠場驗過關，還會多準備幾間會議室，掛上投影機布幕，並不是說這樣不好，而是一切都在進步。如果不曾看過的話，那就是空的。

你想起瀞的門號。

如今再也打不進去了。

夜晚，水泥廠打開燈，瀞的父親在自動鐵門旁招手，你也搖下車窗，對他說：「謝謝你的照顧。」不知道為什麼，你變得很友善，很軟。你再也不打算把瀞從什麼地方拉回來了，反正他也一定會躲起來，一直躲，一直找藉口。

路邊，有一輛棄置的車。

充滿灰塵。

忍不住好奇走了進去，車子裡面有一股大地的味道，泥土在坐墊上，植物分解了海綿，夜晚的時候，四處都有各式各樣的青蛙在叫著，大牛蛙、樹蛙、赤蛙，躲過了水，也躲過了魚，在夜裡嘓嘓叫著。腳底下一大片樹林裡面，你看到一座湖泊，湖泊是被山包圍的，而大水匯集之處，隨時會被自然災害改變景觀。

你忍不住打了手機給瀞。

手機訊息也停留在兩年前，你問他，還會回來讀書嗎？至少有個大學學歷吧。他打一個笑臉，說，再看看吧，我覺得我不太需要大學學歷。你忍住內心千萬個疑問，真的嗎、真的嗎、真的嗎，一忍就是兩年。你往上滑動，藍色的訊息像是波浪一樣，左右擺動，時而停滯、時而湧現，經過一個波段，便會增加相位，在這個相位裡面如果假定常定、連續、微小振幅，那麼一切便會一直重複重複重複下去——

漫長的等待中，你聽著電話的撥號。

嘟嘟，遠方的青蛙學了起來。

墳山與道路

・・・

第一次騎車經過墳山的時候，我踩在踏板上面，母親用手臂撐著我的頭，不讓我睡著，但我還是想睡覺，母親解釋說，她只好等紅綠燈時，時不時搔著我的胳肢窩、戳戳我的腰，我想躲，差點摔下車，母親便用另一隻腳，把我拐了回來。

二十幾歲時，大學畢業後兩年。

每當我騎車要去事務所上班時，也得經過墳山。墳山叫做「中和區第一公墓」，但很怪的是，所有的東西都會放任、棄置以及被破壞。那條小路大概三十公分路幅，很陡，水泥路面上的鳥屍可見，被狗咬的，或是附近的貓。我常常閃著墓緣向前，因為深怕撞到墳墓時，母親說過的那些故事，將會再次降臨至我的身上。不過，陽光太大，那條路草木叢生，棄置在樹林裡的垃圾，也慢慢發臭著，我想，要降臨也許也是某種腐敗的病，而不是命本上的可能。

說也奇怪，但我時常會把這件事情，跟在事務所背官司的這件事放在一起。但大前輩們都說，放心，大家都會輪流背這種爭議案，畢竟你在建築師事務所，第一次實習，還不習慣，等你再待久一點、再久一點，你便能明白了，甲乙方永遠的對抗。我轉著筆，那是每次跟律師討論案情時，抄筆記用的筆，上面印著小雞以及兔兔，兔子被外星人的飛船燈光吸入，小雞驚訝地看著。

「你下禮拜之前，律師簽要先弄。」課長說。

我點點頭。

「準備庭你知道在哪裡嗎？學府菜市場那邊。」

「有、有，我有去過。」我說著。

壓榨、推工作或任何漠視，好像都不存在，這裡環境不錯，我想，那些說得太誇張的作品裡面，會在餐廳裡羞辱後輩的事情，一直都沒有發生，我只看過，他們安靜地在吃合菜的餐廳中，點各自的麵，然後各自付帳，沒有什麼牽扯。

不妙的是，在這兩個月，我打工的兩個月內。

我就已經弄丟了無數枝兔子與小雞的筆了。

最後一次弄丟的時候，我想起了第一天下班時，看見十字路口想要哭的衝動。罐頭，我感覺自己是魚肉，丟入捷運裡，豢養於大樓裡，然後移到另一個地方。

但，當然，總是要回去的嘛。

夜晚的時候，我的機車被另一輛車擋在裡面，但是我沒有力氣了。看著它良久良久，直到住在家裡的舅舅偶然經過，幫我搬開了車子。他經常吃檳榔的嘴，其實散發著一股獨特的清香，我覺得是好聞的，真的。我問，你要去哪裡呢？

舅舅他便說：「我要走囉。」揮了揮手，隨意地道別。

．．．

我看著記憶。

在那之前，在舅舅出現在停車場，幫助我搬開違停的車之前，母親對我，對著父親，對著家裡宣告著：「我不需要這些兄弟姊妹為了錢爭來爭去，大家都是看我活得好，好，那我就讓你們知道我過得多糟。」所以，母親的策略很單純，就是過得越來越窮。很奇妙的是，她對著我與父親宣告完之後，又回頭問我們：「當時你們是怎麼想。」

「沒什麼想啊。」我說。

「怎麼會？你都不在意嗎？」母親問。

我想，母親才是最在意的那個，所以才只對我們說這些，因為對我們說了之後，就不用對舅舅說，也不用對外婆說了，那很方便，下定決心這種事情，只需要自己明白就好。

就像有次。

母親想在電話中，跟外婆爭論究竟她是不是最不受疼愛的，那個最可憐的，那個根本就不被在乎的女兒。我和父親在一旁聽著，除了上網查律師簽的格式之外，父親他在發呆，以前我也覺得發呆是個好辦法，但是現在則否，因為時間不多了，要嘛去多一點書，要嘛先處理事務所的雜事。母親哭著回房，那時我睡著了，但我記得，她用很傷心很傷心的聲音說：「以後我們去更好的地方。」

不對啊，能去哪裡呢？這裡是我成長的地方，前面有條大河，以前視野遼闊時，能看見烏來的群山，如今上方已爬滿了跨河道路，像是過度鋪張的文明，後方就是墳山，中和第一公墓，不過這裡地段是新店區，大樓名字卻是「新中河」，建商的老闆就是上演戲劇性跳樓，最後以小搏大，奪回自己位置的侯西峰老闆，戲劇感十足，我也這樣感覺。

讀國考讀到第二年，我發現眼睛開始模糊了，為了這件事情，也吃了許多的藥。我認為，吃藥總會想東想西，就像這時，父親總說，藥少吃，我便會問，那要吃什麼，他便神祕兮兮地躲到旁邊，用手機看他的影片。我最後決定，一邊去建築師事務所找兼職，一邊讀國考，讓自己少想一點，專心一點，或許眼睛視力就變好了。不過聽到我找了兼職，母親彷彿露出絕望的眼神，從眼科離開，下午不用進辦公室，難得的時光，我獨自走回住處。一路上看見了太陽，傾斜的照在每一輛車上，分散著合適的熱量。

舅舅便在此時出現了。

母親為他倒了水，才繼續讓舅舅他繼續說話。

母親說：「喝吧。」

二舅便喝一口水。

母親便抓機會接上一句：「以前汝不是這樣⋯⋯。」

「二哥你現在還是很瀟灑啦。」父親笑著，是那種帶著吹捧的憋笑。也許是在之前都得一直安慰母親，凌晨三四點才能睡著，才會搞得自己想笑。我覺得他很白目，要是露餡了怎麼辦，那時候凶狠的舅舅便可能再次出現，像是對著外婆罵一樣，對著所有人摔杯子。但沒有，舅舅像是已被壓實後的土壤，安靜得像是試驗罐，一排排放在工廠內。他只是嘆著氣，喝著母親給他的酒。一開始給他啤酒，但是他露出有點為難的笑，最後還是怯怯地開口問，有其他的嗎？母親這時才回想起來，自己的哥哥就只喝高粱。

像是快樂的本質，盡情得如陽光、粉紅兔兔、小白雞、香菸，甚至是一段過去的時光。如同二舅敘述的那樣，過年後，他實在輸得太多了。於是他的現任女友（母親直接稱她為小三）拿出十五萬、朋友拿二十，最後他自己出剩下的湊滿一百萬。作為走私香菸的倉儲代管費，說好將會拿回一百三十萬，包含交貨的工錢。不過，在一次換船之後，山上（岸上）被抓到、海上也被抓到。台北公司很生氣，直覺是二舅報的內線，說叫黑道要揍他——。事實是，我也無從知道，他包著的手臂是真的受傷，還是實際上是那種老人病，舅舅充滿了謎團與欺騙。他也快六十歲了，仍然染了棕色的頭髮，年輕而朗壯，說話時才有那種滄桑感。

二舅也用卡娜赫拉。

那是他的眼罩。

二舅沒有女兒，只有兩個兒子，這片眼罩有八成是他的女朋友買給他的。我想起母親的策略，變窮，事實上，我們也不富有，但是對於舅舅來說已經足夠了。我鎮日待在家裡，下班後就是幫舅舅買雞腿便當，母親會定時打來確認，有沒有讓他餓了肚子。

「需要吃便當嗎？」

「當然要啦。」舅舅說。

某一個晚上，他問我，你平常都在讀什麼？我說，我要考技師，現在在事務所不行了，背上一堆官司，倒不如去考公務員，或是當監造。說到官司，二舅便來了興趣，他說起之前走私成功的經驗，開著船，到海峽中間交易，他一拿便知道裡面有沒有含鉛添銀，摸過太多金塊、金飾、金鐲的他，對著排隊的對岸人民說：「汝不要騙我喔，待會火燒落麥哭喔。」

你這個讀書人，這樣比較好啦，當上了官也要顧著我們。

我心中暗自一驚，不過幸好二舅也沒接著講要借錢，或許是向姪子借錢真的太蠢了，或者是看我真的只是呆頭愣腦，沒什麼利用價值。總之，他做過的職業千奇百怪，二舅抓抓頭髮，他那暗紅色的頭髮。那是他六十三歲去燙的，六十載的生涯裡，有金色、長髮、離子、爆炸各種潮流，而他仍是黑色的頭髮時光，那時仍未有染髮劑時，身上帶著菸條，什麼行業都碰：開卡拉ＯＫ、做土水、開船討海、旅遊以及海上貿易，也開船去過北韓附近，買原油。

「這是算數學吧？」

他看著我的土壤壓密試驗題目：某一個工址現場土層，土壤為均向。給定土層濕土單位重，**10 tf/m3**，土層高度為**10m**。請問此土層垂直總應力為多少？能見的數字，兩兩相乘就可以了。土下十米，給定密度（單位重），給定高度（單位體積），就可以求得重量（垂直應力）。十乘十，一百。這代表說，我們在這麼深——的地方喔，並且承受這麼重——的壓力喔。

舅舅說，他平常也很常算題目。

在冬天的時候，各式各樣的削價競爭，得讓他們先搶在暑假前布局。出那種含機票住宿三天包機車只要一九九九的超便宜行程，成本大概就是掃房阿婆每日四百，省下機車、船自己的資本，利潤就可以套餐搭配，要吉貝沙灘，可以，加六百。要南方四島，可以，加一千。客人帶狗上船但不下島，怎麼算？有人想加套餐但是要分開去怎麼算？幹林娘卡好咧，二舅總是喝著酒，說著這些客人有多麼的奧。

那天晚上，他開視訊。

電話的那端，安娜答躺在床上，說想著二舅。二舅吃麵同時，跟我說著這些，卻又時不時沉默地、冷酷地回答：「喔。」這個小三其實也不簡單，她是澎湖外山那邊的越南外籍，已有丈夫了。母親嘖嘖地說，幹，男人都這個樣子嗎？跟個種馬一樣。

很多日晚上，母親與父親都不在，他們找盡藉口，不想回來。

我便一面讀土壤力學、施工法、結構學，一面與電話那端的安娜答一起共享著二舅的故事。有時候我讀累了，出來房間外面走走，電話視訊仍開著，背景音嘶啞吵著，我看著二舅躺在沙發上，戴著卡娜赫拉眼罩。

而我看見。

那天。

小白雞就坐在窗前，看著遠方逐漸建起的捷運過河段工地，思考著月亮。

．．．

二舅離開之後，我認識了穗河。

穗河很妙，在補習班認識她的時候，她便會時不時找我聊天，讓我覺得自己有些喜歡她的點。一方面，她已經是在工務局上班，下班之後會在晚上的時候，兩倍速快轉上課的影片，因此，我們都有話題可以聊，二方面，她算是土木類別的，土壤力學那方面，就是我的缺點，她也很樂意回答，儘管我算是半全職考生，但是還是很甘願地向她示弱地說，我不會，教教我吧。

「你說，你有背官司嗎？」

「是啊，準備庭已經開第二次了。」

「這樣啊，那麼接下來就等辯論庭了。」她喝了一口超商綠茶，「事情就會更多了。」

「真不想上班啊。」

「那你可能真的不適合土木喔。」穗河笑說。

那天晚上，我騎著車，車子的油燈已經亮了，但是仍然沒有打算去加油，加油站都離這裡很遠，不方便。我從尖山福德宮往上騎，好幾片延伸出來的雜草，向外擋住了去路，壓過破碎凌亂的墓體時，我發現早上騎車壓過去的垃圾袋，又變得更扁一些。說也奇妙，我很少看到應力計算、擋土牆計算等等的實際應用，或者孔隙水壓比、壓密深度。大部分的時候，都在辦公室查法條，或者追律師到底寫狀了沒。老實講，前輩們也不是把計算腋藏著做，而是在圖紙上，輸入電腦很快就算完了。大學四年，二十幾個學分知識，其實很少用。但是偶爾前輩們會稱讚我，他們說，日程表排版排得不錯，這五年來很少有日程表能夠一次就看懂的。

下午，廠商會送蛋糕跟咖啡，課長會一份份放到大家的桌上。聽說，這位課長是很客氣的，來了大概不到兩年吧，才會這麼貼心，在蛋糕下面墊著衛生紙。我們聚在一起，聊一些健身的話題，或者是選舉要選誰。

眼睛乾澀了起來。

機車壓過不知道什麼，我也來不及看。

一腳就踩在墓緣上面，趕緊喊了佛號，就趕快騎車離開了。

回到家時，一片漆黑。小白雞仍在窗戶邊，我問：「我爸媽他們去哪裡了？」

「他們都去散步了喔。到河邊。家人會做的事情。」家人關係權威小雞說。「已經不用管二舅了嗎？」我問。

「還要啊。」小雞理所當然地說。

「但是到河邊散步也是很重要的喔。」

佛經從二樓傳上來，那天下午，是一個適合打掃的日子，陽光、河岸以及午睡的狗。河岸邊的舊墳墓山看起來，格外的明亮，那是這裡的新中河居民，清明時節定時會去掃墓的地方。陽光灑落在每個生長的野草上，供給所有流浪的狗狗，夜晚溫暖的水泥。

小雞對我說了一個很長的故事，說時間如何停下來的，說小時候如何過度依賴小雞，說母親的年紀，其實一直停在離開外婆家的晚上。也是如此，她才會一直記得，外婆說，自己是什麼樣的孩子。那些人都停下來了，所以，小雞聽了太多的故事，麻麻對拔拔大聲咆哮的，外婆對麻麻哭著的，以及小雞悄悄聽見的——。

我很認真聽著，我想，這是開始理解的第一步。

像是解算題目一樣。

但是題目實在太長了，小雞與我的共生、母親與外婆的共生的故事，一直都沒有停下的跡象，以至於母親在大掃除的時候。枕頭套、二舅睡過的床單、卡在木頭縫中的煙灰，亂糟糟的堆在一起，母親索性將沙發移開，叫我和父親一起打掃，不可以坐著看電視。

晚上時，我打給穗河。

鈴聲響了很久才被接起來，我問：「妳會跟玩偶說話嗎？」

我們大約講了一小時多的電話吧，我想。總之母親他們最後也沒有回來，不知道跑去哪裡玩了，我明白自己一定嚇到穗河了，本該掛電話的時機，仍硬找一個話題聊，自己其實也沒什麼臉再次出現在補習班，若是看到穗河，我想自己一定也會不顧全部地想要依靠她吧，畢竟她都願意這麼聽著我說話了。然而，小雞說了一句很關鍵的話，它說：「你對這些事情這麼失望，情況也不會變好啊。」

「但我無法控制自己不失望。」我想。

「你還是好好地過自己的生活，比較重要啦。」小雞說。

「但……我的生活是什麼？」

「工作跟考國考啊，你能夠掌握其中一個，就很好了。」

坐回自己的書桌前，還是有些不習慣，腦子亂糟糟的。因為墳山欠缺管理，那些棄置的垃圾，也都成為培養流浪狗的糧食。倒不如說，住在這裡的阿姨伯伯們，都很喜歡擅自餵食流浪狗，清晨騎機車經過的時候，看著他們整理昨日吃剩的鐵盆，我也只能騎著摩托車經過。

這樣，也許是文化的一部分吧。我不能說自己沒有對伯伯或是流浪狗狗們有同情，但是說真的，這樣每日經過那邊，都得要小心動物屍體、狗屎排泄物還有垃圾，真的很不舒服。我還在胡思亂想時，外面傳來數十隻狗彼此對著吠叫的聲音，而且一時半刻還沒有停止，連帶著隱隱的嬰兒哭聲，也傳入了房內。

我只好把書本跟筆記搬到餐桌。

看著侯技師的線上土壤力學影片。

餐桌是一個很難專心的地方，但我還是努力地寫了一個小時的考古題。時鐘聲滴答，但是最令人在意的事情是，小雞整夜不停地看著窗外，像是認真監工一樣。捷運過河段的工程，外面已經建起了一隻巨大、雄偉的白色斜張支柱，是那種漂亮的黑白原色，而結構旁邊爬了幾架五六米起重機。這是有多大。

夜晚時，閃閃發光。

我想起舅舅離去的那個早上，母親對著二舅說，那樣離別地說：「汝要照顧汝自己，好好生活。」

「好啦，知影。」

「好好啊生活。」

「好。」

後來聽母親講，二舅說，他很感謝有這個妹妹，願意再借給他一百五十萬，繼續努力，繼續討生活。我那天，以為母親會生氣，氣自己裝窮破功了，氣自己的兒子買了那麼多天雞腿飯，還是被看出來，或是被說服借錢給自己的二哥。不過事實上並非如此，母親在廚房洗碗時說。

她覺得自己好多了。

「原來家人是可以互相理解的。」

．．．

小雞某日跟我說明，希望我把遺落的卡娜赫拉原子筆都找回來，我說，那些都有可能再也找不到了，但小雞很堅持，我也拿它沒有辦法，總之我趴在辦公桌下方，偶爾四處找著筆。很奇妙的是，我發現它們散落四處，卻還是能最終集合在一起。有一次我在課長的筆筒看見，那是我在跟他討論律師擬答辯時，不小心看見的，那整個下午，我都有些不專心，後來才敢問出口，這枝筆是我的嗎？

日子似乎有越順暢的感覺。

但我仍未見到穗河。

奇妙的是裝窮計畫並沒有停止。

我與小雞透過巨大落地窗，看著新店溪。

原來母親規劃的一整個大計畫內，我也被包含在裡面了。首先，他們為了取信與外婆，於是開始細數每個兄弟姊妹，首先是罵過母親的外婆，分給她一百五十萬。再來是大舅，母親是這樣規劃的，二舅都有了，那沒道理更窮的大舅也沒有，因此給一百五，啊，這樣算下來，每個人都得給一百五了。然後在宣告這個計畫的那日，又在安坑附近，靠近林坡道的地方，買了一塊可以圍起來的地，準備當自耕農，每日報告外婆，自己的生活水準是多麼低下。

我問母親，那妳要達成什麼目的呢？

是為了更理解彼此？還是能夠更幫助他們？

母親的答案跟我和小雞想的都不一樣，她說：「我想離開他們。」

「離開？離開誰呢？」

「離開我的兄弟姊妹。」

從課長那邊拿到原子筆時，被外星人吸走的兔子，擠進了外星人的駕駛艙裡面，兩個生物都很痛苦地，趴在玻璃窗上，我感覺好像聽見在課長桌上的那隻粉紅兔兔筆問道：「我們已經在更好的地方了嗎？」

「等等啊，我還沒——！」小白雞被丟進了洗衣機，轟隆隆。過了一整個下午，小白雞才被拿出來，小雞被母親用曬衣夾，夾在最靠近太陽的地方，那扇大落地窗看過去，就是正在預壓填土的捷運高架橋。小雞因此能夠開始學習箍筋的綁法、慢慢數現地的壓土次數，或者，下了大雨多久才會滲流完畢，雖然它一直都明白，但是它更加理解了施工法。而我則沒有那麼幸運了，雖然能夠反覆的咀嚼小雞的故事。但是時空太快，要如何在一個開頭，就把理解放置完畢呢？終究無法完成。

不過這樣說吧，理解母親的事，相當地徒勞。

孩子時期，我問母親說，總有一天，這個墳墓山應該會變乾淨，中間的路會更好騎一點吧？那日，母親踩中了狗屎，我們的家不論人行道、車道，方圓三公里以內都有狗屎，那是因為除了墳山的流浪狗、餵流浪狗的人以外，沒品放任狗便溺的人，又很多。

就像這樣，不明的惡。

但又很難生氣。

「嘿，那隻雞要夾到什麼時候？」母親問。

啾啾，小雞喊著。

母親將一切收整完畢。套上沒有菸味的沙發皮、套上沒有灰塵的床單（更別說那長期吸菸的一股酸氣）、將桌子好好地擦拭後，大部分的時間，就是戴著老花眼鏡，滑著FB、LINE新聞，度過午夜。像是時空凍結一樣，母親的臉書好友增加一位，那就是二舅。經常地，她會嘆一口長長的氣，儘管時間、外婆、二舅、孩子，已經不再向她索取什麼，但是她依然會嘆氣，說著怎麼滑來滑去，都是這些垃圾。

但是母親啊，垃圾已經堆滿了我們的世界了。

小雞最後一次看見窗外的景色，是這個樣子的，河岸中間有個巨大的、白色的三角柱，但不是一般尺寸的那種，是跨河斜張橋等級的基座，讓河岸公園的腳踏車、父母親、從烏來飛來的老鷹，都會忍不住直直看著的基礎。而那樣在新店溪中間，巨大吊起一整個垂直應力，將底床孔隙水壓盡數釋出，小雞看見，所有來自山地農田、水資源區、浸沒區，所漂浮的懸浮泥沙，像是垃圾一樣，積滿了三角基柱的四周。

父親與我會輪流去買消夜，或是笑著吆喝著母親，嘿，妳太胖了，我們去散步。彼時，母親才會勉強回復成那種笑容，也是時光向她索取才露出的笑容。大部分的時光，我們都像家人。

嘿，小雞，我們又見面了。

我說。

母親把小白雞收進衣櫥，已經很久沒看見小白雞了。

備考毋剩多日，但我們仍然散步。

在河岸上行走，見到巨大機械。

拿著卡娜赫拉原子筆，有東西可以按壓，那樣很好。我想，什麼時候，二舅成為了我們的家人了呢？不過，任所有的話語、溝通，都變成一個長長的航行，如同二舅最後一次航行一樣，最後一次為黑道所陷，最後一次跑路。最後一次和解。像是解算題組一樣，從源頭開始，從外婆說出：養查某兒毋效，不如去飼豬。

原本一切都是共生著，像是水與船。

像是母親被外婆的這句話困住一樣。

捏著原子筆，惦量著，這個筆是如何組成的呢？如果是第一次見著，能像二舅一樣便認出來嗎？我應該不行。——沿河，走過河濱，河岸的居民釣魚，交換著語言。父親興致勃勃的跑去看，不久又回來發表心得：「太臭了。」

「能吃嗎？」

「我是不敢吃啦。」母親說。有人在路邊販賣深海大魷魚，或是澎湖花枝丸。那是澎湖呢，父親笑笑地說，我又覺得他很白目，明明母親就討厭自己的故鄉，為什麼要提呢？後來想想，那也是父親的故鄉，他是可以提的。碧潭這裡賣的魚湯調味都很重，老實說，應該也是從進口漁港來的，跟這條溪無關，喝多了嘴巴會感到口渴。

從這個便利商店看出去，能見到河。

「水利系的，你有想過，為什麼水會這樣流嗎？」父親問。

「應該能夠算出來吧。」母親說。父親喝著礦泉水，倚著欄杆。母親正在抓神奇寶貝，手機懸得高高的。

「不能啦。」我說，「我又不會通靈。」

「為什麼，大學讀假的嗎？」聽到我不會，父親賊笑地問。

「太少資訊了啦。」

「大學不是這樣玩的啦。」母親丟出最後一顆曲球。

不，不是的。我心想。我知道礦泉水裡面是壓力流，壓力驅動著水的移動。河水就是明渠，重力流。我能夠解算一點的水深、流量、流速、黏滯。但是我們知道的太少了。我們得設定邊界，我們得知道何處，我們得解算成分，並不能像是魔法一樣——輕輕拿起來便知道——甚至有時候，我們連題目還未能理解，時間便已經來臨了。

・・・

穗河說，這題啊，時間是個關鍵。

粉紅兔兔筆的水用光了。

我再去地下室書局買了一枝。後來，新的那枝筆芯，拆開後放到舊的粉紅兔兔筆。小雞重新吊回去落地窗了，曬足了太陽，香香的，母親說讓那些蓋捷運的工人看小雞也很療癒。

小雞很久沒說話了。

我認為我好了。

聽穗河說話的時候，我是這樣相信，儘管眼睛仍然感覺模糊，但是用來看近的剛剛好，有時候我也會跑到河邊，聽車子呼嘯的聲音。穗河拿粉紅兔兔用來抄一題很有趣的題目，她刻意把敘述都劃掉了，整個題目變得相當詭異。

〔例題7-8〕99土木高考二級25%

如圖1(A)所示有一厚[redacted]m之正常壓密黏土層位於不透水岩盤上，地下水位位於地表，因工程需要，於地表填單位重為[redacted]kN/m^3之礫石層[redacted]m高，進行預載荷（preloading）壓密沉陷。已知黏土層最初孔隙比為e_0=[redacted]，比重Gs=[redacted]，液性限度(LL)為[redacted]，壓密細數Cv=[redacted]mm^2/sec，

試求需要多少天，此黏土層可完全壓密（沉陷）完成？

「沒有數字嗎？」

「都沒有喔。」她說。

我笑著。

「妳這樣會讓這題反而變簡單耶。」我說，「這樣就只能猜測，零或者是無限了

啊。」

「啊，早知道不要劃掉了。」她吐了吐舌頭，笑著。

「無限，因為不可能完全壓密。」她說。

「為什麼不可能呢？」

「嗯……當初設計壓密時間的公式你看，當完全壓密的時候，U值處於分母，因此時間T會變得無限大，反而不是一道工程問題了，而是數學問題。」

也就是說，一切都還在下降囉。

小雞描述的工地是這樣的，如果就一般的大樓來看，會先從地基開始做，但是並非直接開挖，而是為了設置保護周圍土的擋土樁板，因此要學擋土牆設計。接著怪手來開挖後，過了幾天，地板的土會慢慢膨脹、縮小，而若是這時候擅自蓋上大樓，會因為「預壓密土壤」特性，導致下沉五公分左右。因此，要先在上方重新夯實才行。

穗河說，她下週會請假，一起去走走吧。

我的內心好像打樁一樣，一陣小慌亂，但冷靜後才想到，那天得要幫事務所去開準備庭，得要帶著訴狀跟其他東西去。只好失望地跟穗河解釋後，想不到她竟然說：「我陪你去吧。」我心中感激得快要下跪了。

預計要開庭的前日，我停止吃藥了，儘管視力應該會變得更差。

但這是我唯一能夠掌控的代價。

付出了什麼代價，以求回報。很小的時候，離開了醫院，母親與父親都說：「你是個幸福的孩子，不用面對太多的壓力。」他們買了一個小白雞玩偶給我，胖胖的，很可愛，並且叮囑：「這次要好好吃藥喔。」其實我吃了很多次藥，也漏吃了很多次藥，但沒關係，這是長期、沒有時間期限的約定。與醫生見面，每年回去診斷、抽血、照超音波。偶爾聽見，母親又再次提起當時有多危急，我的生命是如何重新被救起。

「你是個幸福的孩子。」母親說。

「我知道。妳也是啊。」

「有嗎？」

「有啊。」

「哪有？」

這其實是一種相伴，弱小的依偎。所以總有一天，我應該會忘記有那些載重，畢竟上班了，那些一點都不重要，說不定還能轉去成為主任祕書之類的職位，穗河說過，她們那邊也是行政與專業分開，很少碰到技術審查。其實都不重要了，哪怕是突然回憶起來，那些關於二舅的回憶，必定也是二舅為了整個家庭，在母親年幼的時候，偷偷從對岸，把很便宜的蘋果買回家的時光。必定也是母親願意重新打開開關說這些故事。只要開始故事，晚上，在大家心中，快樂的小雞森林便會長大。

前一日晚上，母親癱在沙發上，陷入了假寐，我不知道裝窮計畫結束了沒，抑或者是從未開始，但那不重要，她的手機的寶可夢球仍在跳動著，跳跳豬向上跳躍，並且後空翻一圈。

「怪給你抓。」

母親丟給我她的手機。

「這次好好考啊。沒有二舅舅干擾了，總共也考一年了。」父親說。

「不需要太多天吧？」

我安靜地丟出曲球。那是極為重複一樣的時光，甚至難以記述在不停的為母親解釋題目的日子裡，母親究竟有沒有記得這一切。偶爾，吃太多藥的時候，我會趴在枕頭上想。是不是要求母親記住這些時光，與要孩子記住所有菜餚的味道一樣苛刻呢？

不過儘管用光了筆芯。

我仍會添換新的。

停藥後，我發現陽光太大時，眼睛好像會睜不開，因此那天上午，儘管在捷運站接到了穗河，準備一同從公司附近，走板南路去法院，結果我還得問她：「能幫我騎車嗎？我的眼睛不太舒服。」

法院在市場後方，我們找了一處停機車後，走入一樓。很妙的是，板橋法院其實很像是某種老舊的醫院感，入口是X光機，警衛看起來很累，但是眼神很嚴肅，感覺是經過訓練地，深刻地看著所有人。大約等了一小時吧，我們兩個人都很不習慣這樣的氣氛，我心想，啊，等等請她去吃個飯吧。

叫到我們號碼報到時，她笑了笑。

對造沒有來，只派律師。

「我陪你。」她說。

我點點頭，手上都是汗。

坐在被告的位置上時，真的會開始懷疑事務所以及手上的訴狀，認罪就輕鬆了吧，但慘的是，我也無罪可以認。穗河坐在我旁邊，等著法官說話。法官經歷了上午三四個小時轟炸，聲音有點累，便簡短地說：「除了起訴狀之外，你有要補充什麼嗎？」

「如訴狀所載。」對造律師說完便坐下。

法官轉頭過來，問我：「那被告有要表示什麼意見嗎？」

我一時語塞，想說這進行也太快了吧，我原以為原告會落落長講一大段。穗河開口，想幫我說話：「他也是如答辯狀。」這時，法官突然問說：「妳是誰？」穗河突然愣住了，結巴地回答：「我、我是他同事。」

「親友坐後面好嗎？」

穗河站起來時，臉非常地紅，感覺也有點生氣，卻也不敢說話，默默地推開旁邊的小門，坐在位置上，拿出手機滑著。而我卻不爭氣地想到，那座墓山裡面，像是結痂的皮一樣，一層一層向上堆疊的墳墓以及水泥鋪面。還有依著那些道路生長的草，死亡的鳥，與夜晚時，不知在何處的夜狗。付出了代價，並且付出更多。

那裡默默幾年了？十年？二十年？

從有這座山以來，一切都在壓密嗎？

・・・

國考結束後，我從考試院附近，沿河經過秀朗橋，一路騎回家。

太陽不是均向，被雲阻擋。河面上，有股味道。

臭度指數。

考試院附近被擠得水洩不通，機車與汽車爭著停在路邊接送，那是我腦中所有的片狀，無法成形。補習班跟賣便當的婆婆，坐在行道樹的小圍欄上，乘涼休息。前幾天，二舅來到台北，說想要探望走路不小心摔斷腿的姨婆。母親陪他一起去。二舅年屆六十五、姨婆快九十、母親則是邁入五十大關。滑滑臉書，看見立法委員痛斥屏東河川局公務員被毆打，消息卻被壓下來的訊息——，閉上眼，彷彿聽得見那些聲音。

我知道，這些不算什麼。

學長姐早已說過。

三角形斜張基礎仍逐漸變高，家裡對面的箍筋也沒有變動，下雨時，工人他們就躲在鐵皮屋裡。等待入滲完畢，重新灑水壓土。穗河有跟我約幾次，她說，自己後來放棄要考技師了，打算再準備一年，問我有沒有要一起，我跟她說，我不太清楚，再看看吧。

家裡沒人。

我嘗試問說：「嘿，結束了嗎？」沒人回應。母親仍未回家。我看看對面，下雨了，噢，所以他們得要重來，再重新灑水一次。不過沒關係，這裡不是主要的工區，慢慢來，讓土壤慢慢蒸散。我想，未來要到哪裡，會被分配到哪個縣市。曾經聽說，公務員帶著鐮刀上山，才發現水源地附近種滿了金南瓜。那晚，我做了南瓜的夢，夢見在外婆的田裡面，母親帶著我指認那些蔬菜。父親則是與外婆聊天，說好要幫她再刷牆面。

凌晨醒來，發現小雞不見了。

我發現它們正在無止盡的聊天。

小雞與粉紅兔兔筆坐在窗戶上，一面喝著酒，一面聊天。粉紅兔兔告訴小雞，所有的房子都會下沉，只要土壤上面有載重，就會用看不見的速度，完成它的最終壓密。如果不知道一切，不知道為什麼會發生開裂、為什麼會有剪力破壞、為什麼沉陷壓密後會回彈、為什麼會和解、為什麼解算得出來。從現在開始等待那天到來。那麼，總有一天，這些也會變成一個小小的答案——。

「那就是時間的盡頭，等了夠久也可以蓋房子了。」

粉紅兔兔原子筆說。

母親住在河邊，總有一天，也會變成海。

「所以最終沉陷量是算得出來的。」小雞說。

「是多少呢？」兔兔問。

「大部分建築都三到五公分吧。」

「有這麼少嗎？」

「是啊。」

「但是得等上九百天，或者無限。」

「那現在就開始施工吧。」小雞說。

我悄悄回到臥室，聽著它們施工的聲音，最後，小動物們在窗台搭建它們的住所。它們也想要看見河水，或是那些飛過去的老鷹。或者，其實，它們只是想要擁有自己的家，並等到太陽系施工完成。它們將原有的森林挖開，開著挖土機挖開土方，灑水、預壓，並且設立基礎樁。灌水泥，等待二十九天。預壓密，等待一百天。壓密完成（九成沉陷），九百多天。完全壓密（完全沉陷）——。

第一天，騎著機車，那是重新去眼科拿藥的一天。

機車完全靜止了。

我這才想起來，某輛機車違停在通道，我被卡在停車場，動彈不得。打開手機的時候，光芒太亮，我皺起眉頭，摸摸口袋有什麼東西，是粉紅兔兔原子筆。而我看見，眼前那輛違停的機車，正好卡住我的後車輪。

我將筆用力插入那輛機車坐墊中。

劃出一道口子時。

發現乾燥而溫暖的塑膠泡棉，摸起來很像穗河的手。

D・遺存Remains

是從月亮裡面生出來的。

不是有許多可愛的生物嗎？那些住在可愛森林裡面，一出生，就是可愛生物一樣。對於小雞和兔子，活著、生活、聽故事的一切來說，也是在動物森林出現之後，便已經活著的它們，不太能辨證自己是如何被製造出來的呢。它們摸摸標籤。

「你好。」月亮管理站工務科人員說。

「這裡是太陽系的終點。開發工序，還在挖開土方，嘿，請稍等再來好嗎？」

所以，它們只好回到月亮裡的一切。

其實，這樣比較好。

敲敲森林，它們張開雙臂。森林潮濕、咆哮的（但是深切溫柔的），打開了柔軟的內在。小雞與兔兔，回到它們居住已久的小窩，那裡有河，河旁邊有墓山。太陽平均地照在葉子上，有些流浪的動物們，能夠住在河邊，窩在溫暖的鵝卵石裡面，才能睡著。不過有些小狗，還不習慣這樣的生活。所以只好跟母親要求著故事——。

窸窣、窸窣。

不過小雞與兔子，似乎耗盡了所有語言。

躲著自己的聲音，抱著彼此睡著了。

建造是一件複雜的過程，買來的白色卡車，是兔兔最喜歡的顏色，儘管與台灣常見的藍色貨車不同，但這是最漂亮的顏色了，跟小雞的顏色很類似。它很潔白，載著兔兔經過新店的墳山，繞遍玫瑰中國城，找一條最無人的深境，鋸下一些木頭，給小雞當作裝潢用，那是它們的新家，有了新家，也會拋棄自己原來的名字了。

山上的時光，是兔子難得獨處的時光，那時候它會回想起，自己曾經是孤單的。那日，陽光太亮，汗水一直滴落，好不容易塞滿了滿車的斷木，尚未撥開毛毛蟲，兔兔接到小雞的電話，它說：「終於可以走了，我們去更好的地方。」兔兔不記得自己是怎麼下山的，只是眼前的路，像是宇宙，像是月亮的背影。

「你覺得怎麼樣？」小雞問。

「什麼？」兔兔恍了神，也說了謊，「我覺得很好。」

「我也覺得。」

但兔兔分心想著，那輛被它拋棄的卡車裡面，會不會春天來臨的時候，那個白色貨車，裡面已經飛滿了鳳蝶，爬滿了黃褐色、枯葉一樣的天牛呢？想到這裡，兔兔不禁感到有點想睡了。

因為夢見鳳蝶，是一個美好的事情。

「遺存是過去人類所遺留的物質的總稱。」

——國立台灣史前文化博物館

妻子

1

那日在清晨多夢的時光裡面，妻子起身坐在床緣很久，久到習慣睡著不知人事的我，發現她發呆了將近半個鐘頭。她說她夢到了一個童年玩具，似乎是目前腦血管狹窄的妻子的母親，給她年幼時的玩具；但是醒來不知身在何處，不知道如何是好，不忍吵醒我，便只好想晨夢。

我摸了摸她的頭髮與耳朵的弧線，她緩慢地閉上眼睛。

2

大學畢業後，回到老家準備國家考試的那段日子裡，每日過海濱的天空，驚覺島上的藍色天空與兒時記憶相似。傍晚從市區的圖書館回家，妻子總會說夢。夢裡面皆有祕密與海邊；在做夢曲線中，像是基點，物景融入了海邊，還有一些不知道的祕密。

一開始，我會問祕密是什麼。後來，直接開火煮魚麵線，才在餐桌上邊看波浪力學，邊與妻子聊天。妻子說：「夢中的祕密總是斷裂不完全的。夢到我們吃的麵線，不知道是從哪裡送過來的，沒有工廠包裝的麵線。我以為：『台灣才吃得到麵線。』你跟我就在那系館的椅子，買那種加醬油、烏醋、蒜泥，還有一堆香菜與蔥的紅麵線。我就覺得很羞愧、很不好意思，怎麼能夠在這種地方吃起香噴噴的麵線呢？很怕有其他人看到我們坐在一起，在系館裡面吃麵線。

很奇怪吧我。」妻子說。

我洗著小鐵鍋。妻子沒有任何想要幫助我洗碗的意思，確實地坐在餐桌上，動也不動，就像接受一種心靈上的懲罰；更像是發呆。我默默洗著碗筷，比平常更快的清好流理台上的泡沫與鱗片，打開有鹹鹹味道的地下水，沖開手上的清潔劑。隨著它們流到沒有地下水處理的管線，水管是直接通到隔壁儲藏室。現在已經很少使用，是半廢墟。

妻子這樣的個性是來自於她的家人。家裡的每一餐都是由她的母親準備。如同一個努力工作的螞蟻，母親打理她們三個小孩的所有生活起居，早晚準備飯菜不說，小學時，午餐總是送往不同的班級去；一回到家，又得出門去市場張羅晚餐的食物。母親這樣工作，不為了別的，就是一種對於死去的丈夫的計較。妻子說，在她的爸爸酒駕死去的那個晚上，母親異常亢奮，雖然臉上都是眼淚，但是她彷彿得到了某種權利，如同剛加入戰場的士兵，對著三個孩子說：

「媽媽還在，妳們跟著我一起撐起這個家，好不好？」

孩子從睡夢中醒來，彼時凌晨四點，無知地說：「好。」

那時妻子的夢已經變得豐富多元。晚餐後，她總會與母親分享午睡得到的夢。起初母親感到無聊，沒有章法、劇情。後來某次夢見她在說故事，夢開始暗示她一些祕密，例如：在想要被述說的夢裡面，得要有動機、象徵，還有與母親曾經共同經歷的過程，例如逛夜市買到的小白雞玩偶。因此，她不用捏造任何自己的夢境，故事已經越來越精采。夢裡面，時常有在海邊游泳的大白雞。像是玩偶般柔軟的抱在它們的身上，妻子的童年的夢，令她的母親覺得十分的安心，就如同一個小學的女孩子做的夢那樣自然。

當她高中的時候，兩位已經成年的姐姐，不待在家裡很久了。

妻子的母親仍然每天中午送便當，這樣的習慣一直到高中畢業，離開自己身旁後才被迫消失。每天說夢的習慣也維持著，不過母親變得沒什麼心思聽。那時妻子青春時期的生活，格外的痛苦，難以維持同性之間的友誼，使得她感覺得到在漲滿自我意識的教室裡面，非常的刺痛。再加上考試的壓力，年輕的妻子一直很想要死。但她仍然覺得，在家裡不停地洗衣煮飯掃地的母親，是一種支撐的溫暖的力量。後來，這樣的情感根本就是一種對母親生命的威脅。她長大後這樣意識到。

幾次不小心真的劃開手臂上的血肉，真正造成傷害之前，妻子考上了大學。放榜後距離開學有半年之長，妻子幫母親整理家務，在母親隱密的櫥櫃裡面，找到童年時的小白雞玩偶，連同她很少回家的姊姊的生日卡片，整齊的疊放在一起。時間只有六、七年，卻聞起來歲月的味道重。母親從門外走進來，一邊問她：「女兒啊，晚餐想吃媽媽煮什麼？」

女兒看著姐姐們的照片，小白雞玩偶放在旁邊。
母親在她的旁邊坐下，溫柔地問女兒：「晚餐想吃什麼？」
「媽媽，妳看，姐姐那個時候好小喔。」
「因為那個時候姊姊還愛著這個家啊。」
女兒看著母親走入廚房，母親光著腳揮開門簾，似乎還留下一些動作的光陰碎片。還在家庭之中的她，不能夠明白母親的怨懟。那天晚上，母親格外的寡言。妻子選擇坐在餐桌對面，母親則是掀起湯蓋，熱氣蒸蒸，一股蔬菜的味道瀰漫在家裡。母親垂著眼瞼吃飯，那是遺傳在她身上明顯的標記，她們的無聲繁殖下，自然取得生物性質；她們的面龐如此地相近，竟然又要成為家人，那不會過分的接近彼此的模樣嗎……。
妻子起身去水槽放下碗筷，便要離開餐桌。
母親憤恨地大吼；是不是離開這個家，就是妳的心願。剎那使得妻子驚惶不敢離開餐桌，手腳不知擺往何處。往後好幾個月，妻子在吃完飯後，都安分地坐在餐桌上等待母親回到房間；偶爾她的母親會坐在客廳看電視，妻子也不回房，就是陪著，有時母親就會這樣睡著，抑或是厭倦了般，慢慢地走回房間睡覺。直到妻子離開家裡，搬入大學的女子宿舍，母親才又哭著開車駛離。舊四人座緩緩駛入黑夜中。那晚妻子久久不能入睡，與剛搬入的室友生疏，所以她便一直流淚到早上，然後在清晨的夢中睡著了。

往後與我交往的日子裡，我悄悄地發現妻子會坐在餐桌上獨自發著呆的習慣。矯正她幾次，她依然改不過來便作罷。

妻子說：「我在等你，看你想做什麼，便不會錯過你的行動。」

雖然這樣的行為使得我更加地感到一種莫名的疏離，但是任由她去。

夜狗悄悄地闖入沙灘，半夜對著海月吠叫著。

3

妻子的小白雞玩偶，放在她的背包裡面很久。那是她的母親，大學的第一次寒假結束後，從櫃子裡面拿出沾滿樟腦味道的玩偶。她對著妻子說：「妳以前不是很喜歡玩嗎？」母親的眼瞼笑得彎彎、浮浮的，很可愛。

下午，我提議去港口吃台北口味的蚵仔麵線。妻子害羞地笑了。

我們兩個騎著機車，如同我最近熬夜陪著妻子共同看漫畫，裡面描述一對男女在未來的日本旅行，世界被縮小一倍，因此，海慢慢入侵陸地。他們常常騎到海邊，造訪開設雜貨店的旅人，幫他的飛機加油，衍生一篇篇短篇小故事。漫畫中，他們騎到被海侵蝕的道路盡頭，便走下去看海。

彎入澎湖水庫之後，妻子說想要買在這邊的房子。

那裡草長得深，附近都是獨棟透天，是比較富裕的社區。依傍著地下水冒出的路上逕流，在這座乾旱的島格外涼爽。我和她在一塊空地停了下來。空地四周堆著木材還有水泥灰，藍色小貨車裡面擺置的飲料，就放在清楚可見的駕駛座正面玻璃前。我和她聊起了最近的房價。

東嶼貴，西嶼便宜。

下午的時候，和妻子吃中正路旁邊的蚵仔麵線。廟似乎正在準備晚上的活動。由於台灣住太久，也非純正澎湖生長的孩子，我和妻子傻愣愣的看他們忙來忙去，一個多小時都沒有看出端倪。聊起大學生活以及最近常常做的夢，我問妻子：「吃過以後，不會再做吃麵線的夢了吧？」妻子彷彿沒有聽見我說話，就自顧自地把自己碗內剩下的湯線，呼嚕地喝光。

我們進了廟拜拜。天后宮內的主委收起擺在正殿面前的素菜與酒，幾個有年紀的女人，在旁邊聊著天。我和妻子燒香、祭拜、插香，就此離去。年輕的女孩，騎著車，經過我們兩個人的面前。夏日時，她們經常出現在夜市的燒烤攤位，穿著短窄的黑色或是紅色的海灘小褲，坐在小板凳上面聊天，或靠坐在寺廟前面的階梯，喝著飲料。某一次，我看到一個年輕的女生騎著機車，像一隻孤身而堅強的羚羊，從馬公港經過，在記憶之河上面划出一道水紋。

那時我便會想，如果在我們年輕的時候，尚在讀大學或是更年少，能在這個海灘密集的島上面，度過我們剛剛交往的第一年與第二年，也許妻子便能夠照顧，在母親身上的病痛，而非她的姐姐們。興起了住在澎湖的念頭，虛妄的幻想使得我感到一種建構的快樂。幾乎要忍不住跟妻子說，好吧，讓我們開始存錢，離開家人，一起組一個家庭吧。

「為什麼？」妻子可能會這樣反問吧。

很晚的時候，我們從公路上緩緩駛回，月亮總是在，一路上跟著我們回到窩藏的居所。夜晚開門，被裡面的擺設嚇了一跳。我和妻子一直沒有習慣這裡。因我偷偷使用我爸媽的澎湖舊宅，所以一直有種回家後會被發現、驅離、與妻分別的妄念。兒時，母親跟我說，你可以做到給我看嗎？我總是會萌生起一種某個物體被空氣般穿越的感覺，然後就被固定住，動不了了。當時還小的我沒有好好的表達，長大也不曾做到，我總是想要在快成功的時候，投個運氣骰子，好讓這個成功不是來自於我的努力，也不是為了什麼。

妻子洗完澡，走出主臥房，那是我們睡覺的地方，那裡的窗戶朝東，太陽很亮、太熱，總是讓妻子先醒來。我抱了抱她，吹乾她的頭髮之後，換我去洗澡。熱水來自隔壁的管線，連接到廢墟那邊去，就連我的父母都不太清楚管路怎麼接怎麼跑，沒有熱水的時候，就打電話請人來修。哪裡躲藏、隱蔽，甚至可能埋葬什麼，都不明白，但也平安無事。十歲的時候舉家搬到台北，那裡一直是這樣了。

舊熱水管子流出來的水，一律都是鹹的。這是澎湖淨水廠的特色。沖過身體與頭髮，水尚在冰冷的時候，我放置在旁邊等它變暖；數著自己的血液流動的次數。舒張壓與收縮壓各算一次。一二、三四、五六……。剛剛手上與身上殘留著妻子血液透過皮膚傳來的溫度。我的血液與妻子的血液同時，慢慢地變熱變硬，一二、三四、五六……。你知道這一切都有個規律在嗎？我腦中的立場與時序開始調動。一瞬間，就在熱水變熱的同時，妻子的尖叫聲從廢墟的那邊牆壁傳來，腦中降下許多隱藏在夢醒的時候才能被諭知、透露的祕密；妻子的家庭、即將壞去的熱水管，不，管應該壞了，水壓看起來是不夠天然瓦斯煮沸，一下子冰一下子冷，那妻子呢？應該要好好坐在溫暖客廳的妻子，為了什麼去了廢墟？

妳還好嗎？我問。

妻子從牆的另一面跟我說。不好，熱水管好像爆了，但是我也不想要回去客廳。聽起來她似乎在哭，我趕快打開窗戶看妻子的狀況。妻子顯然被我突然打開窗戶嚇到，哇的一聲就哭出來，我光著身體忍不住笑了出來。夜晚之中，這間臨著海的舊小魚屋，海漆黑地似乎要淹沒這裡的聲音。

4

恬靜無聲。

擦乾身體後，用手機的手電筒打著燈，在房子外面來回繞了三圈，才找到跳電的保險開關。連帶哄慰妻子，在燠熱的屋子外面講了五分鐘，妻子仍然不願意再次被跳電嚇到，還吵鬧著要去住旅館。「那我不理妳囉！」這樣說的時候，妻子才連忙說是開玩笑的。

我們乾脆決定去散步。

屋子外面一片寧靜。儘管某些仍然明亮的區域，還是坐著幾個臉上黝黑、眼角的魚尾紋不論男女都非常明顯的鎖港人，彼此不願意回家，仍然聊著昨天聊過的話題，相約彼此明日的晚上，直到一方老死去，或是爛著了臉皮要借錢。村子裡面瀰漫著魚腥味，草木屋瓦，珊瑚自牆中浮出某角，天人菊長滿了平地，與黃牛的青草。

廟前一片空曠，正門鎖著。我們漫步到隔壁山水里的沙灘。焚香仍然依稀，路狗聚在燈下，注視著主委室裡的燈光。好幾個，父母跟我說過的故事，充滿老去、終止的線索，一切都遵照著廟前面的法令，賭必敗、老必死，幾個關於這裡的故事，被波浪重複吞吐。這些親戚的故事，在父母的嘴說出來的過程中，就像是香灰與香，彼此相生的昇華空氣與香爐底下的厚重灰底。

所以，我認為父母的命運，多半也是用骰子擲出來的。這麼想，讓偷偷使用澎湖的老屋，不令我罪惡深重。因為我明白他們的人生，所以知道要如何躲避受到責罵的方法，他們的斥責還有憤怒，只會從一個悄悄忘記的孔洞，流進我的生命裡。

妻子默默地走入漆黑沙灘之中，我則是猶豫了一下。

「妳看海邊沖上來的水。」

夜晚漆黑一片，我們莫約五分鐘之後才分出海水的黑色與沙子的黑色。妻子赤腳走入水裡。

「只要攪動一下，就有漂亮的光芒喔。」

我模仿父親，兒時告訴我的事情，說給妻子聽。妻子不可置信，手撥了幾次水，沒看見，說我騙她。月亮非常的明亮，在漆黑的海上面，反射出一片白色的水光與月光。從遠遠的一片海域之中，洋流交會之處，那裡的水面非常的平穩，波浪不會生成、潮流潛入不見深底。那時我突然覺得，所有的波浪生成理論都是假的，畢竟也沒人證明過。只是模仿數學與哲學，告訴我們再微小分子的運動場，能夠乘載所有的船與島。

一切是那麼的冷靜。過分冷靜了。

我們兩個人坐在堤防上的椅子。

浮游生物反射月亮的光芒，才會閃閃亮亮。澎湖因為過漁過撈，生物漸漸少去，沙灘變得狹小。遠處的漁船靜靜的滑過那一片沒有海浪的潮流接匯處，使得我相信裡面是不是有住在月光的藍魚，在海水全都變黑的晚上，才會被發現。陽光照耀的午後，它靜靜沉入水底，變成一個透明色的藍魚。幾個理性的公式，在我的腦中因果互繫，血液好像被隔開一樣，反而使我更相信藍魚的存在。

夜晚海面波浪生成後靜水壓以下皆為幻想。妻子則是安靜地成為與我相同的樣子，就像一滴水。混入什麼，便成為什麼。

我們向港口走，路上看到穿著黃色反光背心的男子，牽著一個女生的手，那女生似乎是觀光客，就如同在社區裡面，騎著租來機車的小綿羊。她穿著黑色短棉褲，細長的腿穿著夾腳拖，非常的潔白與單純，就如所有文辭描述慾望與自制的雜揉，女生的腿傳達著這樣的訊息。

警察怎麼牽著觀光客。我說。

「那不是警察。」妻子說。

他穿著非常相似的配色。他們走回廟旁邊的主委室。幾隻野狗跑來跑去，晚上玩起狗抓狗。除了廟以外，其他的建築就像是廢墟一樣，開著門，沒有燈，窗戶也灰灰舊舊的。因此，這些同一性令它們似乎隱藏某種祕密，與隱藏著的魚、清晨妻子的夢，是相同的本質。晚上我們散步回到住處後，發現門沒有鎖，燈也沒關，所以我們安心地進去。兩人都流了些汗，為了不浪費時間，我們一起洗了澡，妻子說想要去買啤酒。

晚上，我摸上妻子的胸時，妻子和我說她有看到剛剛那位穿著黃色背心的男子。他看起來像是失去了什麼一樣，或者是心裡空白，在晚上整理著自己的漁船，因為穿著黃色的背心，很明顯。

「他也是個不得歸家的人。」海水面下青黑，藍魚、漂亮光芒、假警察皆為虛妄。

5

妻子的母親半夜兩點在自己的床上醒來。兩個照顧自己的女兒，已經累得在沙發睡著，照顧母親，還要工作，電腦沒有關就趴在桌子上面睡。

做為母親的感到憤怒。

最小的女兒為何不能體恤姐姐，還要她們這麼勞累的照顧我？同時，她也感到非常的孤單，因為她總是不覺得任何時刻，能體會到幸福。所有的事情、女兒、生活，都在壓迫她。

所以她哭著打電話給小女兒。

女兒的手機關靜音，而且在半夜，沒可能接到。

後來，她又打了第二通、第三通、第四通，電話過熱了後，握在手心裡面感覺得到一種熾熱，然後她依然一直撥一直撥一直撥，六十三通電話直接燒斷了手機的電路，然後心中的感情之繩也隨之斷裂。最後在清晨很晚的時候，一面哭著把還在睡著的女兒吵醒，一面坐在沙發上面，像極了失去一切家庭、子女的母親。

6

早晨的妻子在床緣發呆了將近半小時，手上拿著電話。

然後她說起自己的夢。

我將房子裡面剩下的食材全都料理；不能吃的就倒掉，或是給附近的野狗吃掉。清晨咾咕石堆成的矮牆，許多澎湖年老的婦女正在翻土，用她們不能再彎曲的腰，汲取小井裡面的鹹地下水。作物格外的甜肥，水分稀少，造就的生存手段。我走入隔壁的廢墟，昨夜廢墟裡面傳來了巨大聲響，是多年以來，父母棄置不管的鐵皮建材，連著生鏽的石頭，砸斷了擺置在廢墟裡面，廢棄的燈管。一連十幾根從中間斷裂、整根碎裂。

降伏後的材料，抗壓的能力便會下降，所以你必須要卸載，否則便會開裂。我稍做擺設後，關上廢墟的大門。

海邊這間屋子，被海鹽侵蝕得很嚴重。

我問妻子是否需要出去走走。妻子說不用。吃完早餐，她就只是坐在餐桌前面，水果也只吃一兩塊。我就坐著看結構力學。幾個極少在澎湖出現的烏雲，下起了午後雷陣雨。平時非常炎熱的馬路，此時處處都有鹹味的海風吹過，早上一股油煙味，夾著鹹味，像蔥油餅。

有些東西受壓後開裂，有些則是溢出鮮美甜汁。

但是一定會有所改變。

妻子的海鮮麵線浮著一些蔥花焦邊、手機的碎殼。早餐食畢後，妻子站了起來，在我旁邊像一隻不知道要做什麼的小貓，一下走到洗好的盤子看看，一下又靜悄悄地站在我的身後。我教導妻子如何洗碗：「像是捏著雞蛋那樣——」

水光映濺下，她的頭髮滑落了飛沫。平日我們經常聊天的，但不知為何，在這離島的日子裡面，一切的感受都那麼像負載之下的透明方框之中。今天早上，我們久違的聊起了未來。上次聊起未來的時候，應該是在大學裡面的學生餐廳吧；阿姨剛把紅燒豬肉麵端上來的時候，妳就問我：「我們以後畢業了該怎麼辦？還要繼續在一起嗎？」彷彿聽見了空氣開始受到瞬間應力的撞擊聲後，我才辨識出來，原來聲音來自於妳那方——那是源自於妳的母親的生命基因，將所有的問題預設了對方的情境，希望對方成為妳的所有物，而且能夠為妳解決所有煩惱。我們那天聊了很晚，晚到過了明日能夠維持正常人生的界線，妳也開始將散落在妳母親那邊的碎片，胡亂扔向我的臉上。遺落在沙灘的貝殼。儘管長得不見邊界，仍然在那個夜晚，循著磷光之海撿起她，也許就是那時候悄悄的養成習慣，在心中稱她：「妻子」吧。

我將貝殼向上投擲，出現了六面幻化以中軸旋轉的圖案，最終落入沙地之中，緩緩沉入這個離島。妻子手上的盤子，撞擊到這個島上——

乓、

一角缺落。土層開裂。

妻子足足哭了三個小時。

我想起了那些爭吵的結局。突然有一個念頭流入腦中，要是不曾選擇這個女人，接著羞恥與悔意與憤怒萌生，一隻羚羊跑過，婀娜多姿的躺在白色、柔軟的沙灘上。念頭的景觀巨大，令我甚懼，只好抑制下來，摸摸妻子的臉頰。她的淚痕的位置，從未改變，但因眼淚總是停不下來地流，要安慰許久。

直到詞窮語盡，妻子才好好地在午後睡著。

澎湖的午後，便是漁人的半夜。陽光刺目，路上安靜無聲。他們在傍晚出海，早晨的時候，吃著海產店的黃魚，命令女人打理好一切家務後，便隨便找個地方，像是安靜的懶狗那樣睡著了。有時候，騎著機車行路上，總是有那麼一隻淡黃色的狗，橫在路上的樹蔭之下睡著。那是多麼令人羨慕的酣睡，彷彿沒有任何的開裂。

妻子醒來後，我跟她說明有關於那次的提問。有關她母親的碎片。

她沉默了很久。約莫有半個鐘頭那麼久吧，久至我再次從那棟燠熱的房子醒來之後，太陽已半沉入海中。而妻子已經不知去向。屋內的電又跳掉。彈簧內部已經固定的彈性模數，經過了一定的時間下，漸漸減少，因此又降伏了。我想要從這個島裡面找到妻子，但我不知不覺，離開那棟房子之後，只是直直的往海邊走去。彼時天空殘留著紅色雲朵，燒過那樣的餘火，空氣中，海水魚蟲的發酵味道，成為全世界最大水體的氣味。生物分解後釋放能量，那也接近燃燒。

越過了長長的高高的海堤，依稀地想起父親在我年幼時，跟我解釋這個海堤的位置。那應該是在距離海很遠很遠的沙灘盡頭才會出現的一堵牆。如今越過海堤便看見海，妻子彎著腰，在海浪泡沫的盡頭邊緣，用手輕輕擾動著海水。

「我好像也看見漂亮的光芒了。」抬頭看著星空，好像在透明方框上面，有海浪淹過。

7

妻子的夢在雪季。某個北方國家的海邊，妻子、母親、姐姐們，坐在餐桌上面，母親不知道為什麼發怒。一個姐姐不停吃飯，頭也沒抬一下；另一個姐姐，坐在母親旁邊，只是喝著水、撕著麵包。旁邊同團的人，聊著剛剛停留的市中心公園，回憶著椅子上的小白雪人。他們先是拍了拍照，然後在平整潔白的雪堆上，挖了一袋雪裝在身上。這是某種無聊的循環，取得快樂的工業流程。

然而膽小的妻子，胃聽著這些沒用的對話，已經無法吃下任何食物。她希望姐姐能夠趕快跟母親和好，她沒有辦法，在母親不快樂的時候，消化食物。妻子感覺，姐姐正可能殺死她。只不過，她也僅止於祈禱。她們從小便養成了各自解決自己造成的母親的憤怒。直到輪到下一件快樂的事，或是下一位令她憤怒的女兒，狀況才會有所改變。

好餓。那個時候，她明確地感覺到死亡、以及死亡原因，同時，也意識到因為這樣死亡的她，是多麼的弱小。那個時候，遠遠地，看見了港口提停靠的巨大貨輪，比起旁邊的公寓大樓，多出了幾米。因此她被這種巨大景觀震懾住了，貨輪緩緩地移動，似乎忘記了飢餓地，看著起重車、吊車、港務。確實地體會到某種虛無以及充實的矛盾，夢在無限延伸之中，海水的味道像是蒸發般，自地面吊起、浮空。

「然後我便在海島中醒來。」在飛往台北晚班的飛機上，妻子解釋了最後一個夢。

而我因為飛機上昏昏欲睡的空氣，一邊看著窗外發光的漁船，不小心太靠近窗邊而著涼了。那個晚上，喉嚨一直很癢，所以也沒有很多話。

下了飛機之後，明確地感受到速度的時間差異。如果在這裡，降伏的速度會更快吧，到時候修復也會變得更加困難吧。空間彼此的切換、轉移，並從靜止觀看著動態，又回到了擾動之中。不似海島，夜晚的路非常的明亮。那些穿著黃色衣服的人，在台北似乎像夜貓躲在巷中，向著陰濕那面睡。

不想要太早回到家，在師大附近進一家廉價旅店。我們各自看著手機，偶爾交換著沒用的話題，就像即將畢業的那些時候，毫無意義的熬夜到深夜。我們就像已經鬆弛的保險絲，沒有彈開斷電的功能，彈性模數趨逼為零。晚上即將入眠時，窗外只有計程車呼嘯而過的聲音，以及想像著狗過馬路的情景。我捏捏妻子的手掌。妻子已經沉沉入睡。夢碎片混淆在現實之中浮動著，我突然發現，說不定做夢才是目的，活著是儲存睡眠的素材，巨大的素材搜集器，被我們渺小的看不清得小人們，辛苦地從貨輪上移下。貨物從高處落下。

妻子的這份，我暫時的珍藏著。

啪。我突然流淚清醒，妻子在浴室洗澡，肥皂的香味從半掩的門傳出來。我掩飾著眼淚，脫去衣服與妻子一起洗澡，當我沖開她頭上的泡沫的時候，我聽見了自己的心跳聲音，規律且努力逃離死亡地，發出聲響。妻子坐在綠色浴缸的邊緣，她閉著眼睛，躲避泡沫，一部分的水沖著浴缸內，發出答答答的聲音。我想和她談一些夢，但是一開口才發現，如果想要回復某個東西，是多麼的困難。

於是我說——

「欸，妻子。」

妳不可置信的懷疑自己聽到什麼，但我沒讓妳發問便往下說。

「肚子好餓，我想吃香噴噴的麵線。」

「我也餓了。」

妳摸著肚子，像捏著軟軟的小白雞絨毛，低著頭笑了。

湖骨

1/ 西嶼牧羊

民六十七年，七月下旬，村人悉數遷離，隔年併入東吉村。約民八十年，一人登島上，放牧努比亞種山羊，派遣專人乘船，於此看顧，嗣後，此人亦離開西吉嶼，獨留羊群棲息島上。

努比亞（Nubian），面塌臉小，兔鼻，雙耳常垂，以黑色、棕色與褐色為主，但頗多個體雜有白斑，乳肉兼用，祖先來自於埃及與印度，適熱帶性，公羊成年達百斤，種羊起初抵達台灣，便前往北、東以及澎湖繁殖。

民八十年，第一代羊群，數量約莫四十餘隻，專船分成三批，抵達西嶼。鹽風使半數羊群於交配期前死亡，專家登島後，確認為山羊倒冬，通知飼主後，置礦磚、舔磚於島上，才減緩死亡。

山羊的死亡過程如下：先是母體衰弱，造成不正常消瘦，一小群體內會小機率地罹患肺炎，第一代努比亞，適應不了島的環境，牠們易驚，西吉嶼的北面有崖，冬雨淋濕，鹽氣湮湮，死亡的個體起初發出痛苦的咳音，後呼吸困難，急奔而亡。

第二代羊群逐漸繁碩，增至五個家族，共一百五十隻。研究人員抵達後，進行為期半年的野外族群數量調查，起初，羊群見人便奔，研究人員不敢妄動，於五十米外分類族群，其餘時間調查排遺、死亡個體以及分布。據聞，冬日研究計畫即將結束前，一女研究人員起床時，看見四隻努比亞羊不畏生，舔舐帳篷鐵骨丁，直到日中。

帶回課堂上的報告裡，描述了常見的野放山羊之疾病。其中，大約有二十隻個體，有乳房癌的末期症狀，致使無法生育、哺乳。該大學這個計畫持續了兩屆，第三屆因颱風無法舉辦，自此便無新的召集人，登島紀錄因此中斷。其中，在第二代羊群年老，壽命將屆前，該女研究員仍登島數次，委託東吉村漁民駛小船，靠岸看羊，據該船長描述，「沒有見過那麼怪的事情，以前到上面釣魚，羊就只是遠看，根本不會親人，但是那個女生就好像是飼主一樣，能夠翻牠們的耳朵，看牠們的乳房。」

西吉嶼島沉靜了很多年。

其中，就只有不甘心的漁夫，才會大老遠地跑來這裡釣魚。捨棄將軍嶼和桶盤嶼附近的魚場，來到七美、望安。多是東吉村的居民，在該島南方之破碎珊瑚海岸，裝上防撞保麗龍，靠岸垂釣，山羊就跟遷走的屋居相同，無主、野放，以及任憑自生。第一代的山羊為適應居所，將自己藏於西南部的煙墩山凹間，而第二代之後的努比亞，為追逐更多的嫩草，並且舒緩族群對環境的壓力，活動的範圍更往西北邊的山原聚落。

第三代的活力更盛，牠們占據了島中繁花茂盛的廢棄聚落，走進屋內，破碎的矮牆中，舔著掉落在地上的磚瓦破片，只要三指能捏起來的青草，努比亞們便會一點一滴地慢慢將它們磨盡。冬日，牠們便在廢廟中，找避風的所在，個體死亡時，會回到南邊的麒麟塔，該處草長地遼闊，臨終前，看見遠方烏雲密布，或者白雲層疊，都能帶來生靈上的寬慰。

一隻努比亞種山羊的壽命大約十五年，牠們是否能彼此繼承記憶、能否理解生存地的全貌，至今仍無從知曉，那四隻主動舔鐵骨釘的後代，牠們各自都有白斑，喜愛在北邊的海蝕崖出沒，停靠在藍洞的遊客若能自備望遠鏡，便能在附近看見牠們。而今，擅自登島者，將會被懲以刑罰，只有二〇一七年，大選過後的隔年，離家四十載的西吉嶼居民，帶著未曾踏過家鄉的孩子們，乘著一艘艘小舢舨，回鄉祭祖、野餐。

在山羊努比亞的眼中，那是牠們第一次看見如此大量的人類，遠遠地，在人類蹣跚爬上砂礫石灘地時，牠們各自奔散，羊的天性就是不停地躲避、奔跑，並且以此存活。牠們看見人類坐在平時補充鹽分、矽礦物的磚頭上，搧風、聊著過去。

山羊努比亞中，最為努比亞的努比亞，在茫茫草原中，緩慢靠近人類，原本應該保持不被發現的距離，才是牠們的天性，但舔過鐵骨釘的後代努比亞，也許曾經有被人類摸過乳房的記憶，所以牠的草食動物的心臟，才特別大顆。人類的孩子發現了牠，怯生生地，與人類的父母靠近牠。

努比亞意識到，人類不跑，是因為人類擁有主宰的自信。牠明白之後，同時也產生了疑惑，為什麼這麼長久以來，自己的祖先，都要驚跑呢？努比亞只看過壽命將盡、口腔潰爛而瘦弱而死，或者在北面山崖摔斷了腿導致脫肛的同族，但是除此之外，牠們只需要對人類跑而已。

孩子問：「山羊，為什麼在這裡啊？」

他的父母回頭問更老的同族，祖母說：「政府逼走我們時，他們就把山羊運過來了。」

不知真假，但父母則是嘗試修正他的話。無論如何，努比亞第一次明白，原來人類可以在海上居住，從遙遠、不可能站立的大水上，帶著這麼虛弱的年老同族，回到自己的故居，偉大的人類，能夠做到如此偉大的事。同時，他也發現人類的弱點。

山羊看起來很難過。孩子對著吃著草的努比亞說。努比亞發現，人類會把一切的事物，都當成人類，草原是、廢廟是，甚至西吉嶼本身也是。因為看過難過的山羊，所以一輩子都會記住努比亞。孩子溫柔地摸著牠，儘管不是讓努比亞很習慣，但是牠仍然默默感覺這個生物。

傍晚，對於島上的羊群，是個喜訊。遠方的漁船再次來臨，接走了大批來訪的人類。這批怕生的山羊，躲在草林的陰影中，等待柴油引擎的聲響離開，而努比亞，聽見了人類孩子的呼喊聲，牠知道，人類的弱點，因此牠願意走到煙墩山的醒目處，對著空曠的海面，咩咩叫著。

模模糊糊間，牠明白，儘管那是人類的孩子，被族群包圍、愛護，但是總有一天，他會回來找牠，並且把牠帶離這座島，因為牠已經讓他深信，悲傷的山羊在一座廢棄的孤島，等他回來。

2/ 月亮環行

從太陽系回來的那日，竟然下起了大雨。

開始環島後，每天都有不同的人對我喊加油。大概是我這輩子，最接近陽光、能量的時刻。原本只是在環島社抱怨兩句：「我也好想環島。」想不到，過不到半小時，手機裡面就被訊息塞爆，數十個叔叔、阿姨，對著我說，你為什麼不去做呢？我們都已經七十、八十歲了，你才幾歲？為什麼要選擇放棄？我打哈哈地說著，沒辦法啊，每天外送，太陽這麼大，回家都累得受不了了，怎麼還有力氣環島？

大約是半夜，連我的手機都響了。先是一個叫做光億的男人，把我的對話紀錄放上社團，又叫我不准放棄，環島不應該是夢想，而是實踐自己的理想，連想要的事情都不願意做，那還有什麼資格說自己努力過。

陽光太亮，說實話，半夜被打了好幾通電話，我只好放了一張照片，說，環島第一天，我出發了，謝謝大家的照顧。一開始向西，預計規劃四天的旅程，沒什麼錢，因此就找涼亭，或者是警察局，有機會跟他們借個水，把自己沖涼。

每天，都有值得記錄的事情，停在左鎮的山間，一間不知道有沒有開的燒烤店，吃了兩條烤香腸，跟老闆聊了天，就被請喝台啤，順便跟他一起K了兩首歌。汗流浹背地來到了國聖燈塔，在那裡舉辦夜遊的阿姨們指著機車問，你這麼遠也有外送喔？

後來幾天，我便把車後的外送箱，用粉紅色垃圾袋包起來，一來防水，二來以免自己回去真的丟了飯碗。這麼說好了，在屏東，我確實感覺到這是我人生的轉捩點，最接近太陽系、發光發熱的能源中心。把人生其他時刻，都燙到褪色了。

在東澳附近，我逗留了比較久。

如果繼續北行，大概再三個小時，我就會失去光芒，成為宇宙隕石。到附近的漁具行，我用最便宜的價格，買了一組okuma千元竿捲套組，老闆興高采烈送上磷蝦，讓我到港口玩。

釣竿掛著，我丟弄著我的錢包。

皮製的錢包飛著，因為裡面沒什麼錢，也沒什麼卡，都是發票紙，所以它轉得相當順暢。

因為這是畢業第一年買的錢包，二十五歲的我，如今還繼續用著這個錢包的話，超過三年的錢包，遲早也會破風水，害我漏錢吧。一面想著這件事，一面期待錢包散開，迸裂的零錢、飛在空中的發票，以及一兩張舊鈔，咚，錢包安穩地落在我的手中，什麼事情也沒發生。

沒有父母、沒有稱為摯友的人，也沒有興趣。喝了太多啤酒，就會一直想要尿尿，被打斷的電影看起來是如此突兀，但是如果沒有配酒，看電影本身，也無聊至極，我沒有選擇，每天都這樣生活，直到累到受不了，才在床上睡著。以前會被父親吵著說，你這樣又喝酒，又看電視，以後一輩子撿角，我都會凌厲地回嗆他，你才沒人要，這時候爸爸他就會惦惦地躲在陽台。我等到睡覺前，想去陽台的冰箱拿冰塊時，才看到多了五、六根菸屁股。

烏雲密布，一條魚也沒有釣到，我收了釣組，將它們背在身後，好像自己多了點能夠背負的東西。手黏黏的，等到第一滴雨落下，趕緊穿上雨衣，才感到自己稍微被充實了點，把沒用完的餌還給老闆，就慢慢騎車回去。

抽了太多的煙的爸爸，唯一留下來的東西，就是這間房子、舊電視以及大概四十多萬元的房貸，好消息是，如果我乖乖工作，把房貸都乖乖償還，大概再兩年多，我就不用負債，並且這間靠河的房子，因為捷運安坑線正在施工，房價慢慢地上升。壞消息是，每天早上起床時，我的窗戶就是一層薄薄的柏油渣，冷氣也要通不通的，時常不冷。

不過，下雨騎車的我，野生的雨水，都灌滿了鞋子、領口的重量，加上背後魚竿的袋子沒有防水，想著距離家裡還有多遠，突然領悟到，我好像得到了一點自我。那個自我，就是背後什麼都釣不到的釣竿，儘管如此，卑微的我仍然期待，自己能在任何地方，依靠知識、依靠經驗，在彎彎野河，或者是潮水的漲落間，釣起自己的目標魚。

回到家後，最後一張照片是，把淋濕的自己PO上網。

他們問：「好玩嗎？」

我說：「嗯好玩，謝謝你們當初鼓勵我。」

離開太陽系後，我還是滿懷念那個時光。好像是人生一次，起初掌握了什麼的自信，只要說出口，身邊的人都會幫你，只要大喊自己的名字，力量就會汨汨溢出。那是火影忍者吧，魚具店老闆說，每個週末，我都會往東澳跑，逐漸掌握了釣竿的重量。為了理解自己所喜愛的事物，所以我花了更多的錢，在升級裝備上，才知道，有些站在孤礁上的釣客，身上的配備都是可以抵一台國產車了。

我的習慣都是留在宜蘭釣，有時候可以去吃土雞城，遠離一下魚腥味，或者跟釣友們一起吃頓鮮魚餐。我盡量不確算收支，只知道，勉勉強強，我只能把利息錢還清，那四十多萬的本金還是在那邊。

要多也不多，那是一個不痛不癢，但令人在意的數字。大約是我目前外送的年薪，但如果跑更勤，那我的薪水還能更高，大約再兩年就能還清。只是，我感覺得到，自己早就沒有那種熱熱烈烈、想做什麼事情的慾望。不如說，升級裝備、交流新釣法、抓起更多未見過的魚，那好像才是我的願望。

就像月亮，它控制海水。

它出現，海水便會前進，它隱去，海水便會消退。像是踩腳踏車，往復循環，推動地球旋轉。相對的視角讓我們理解事件變得很曖昧，就像是月亮控制海浪，或者是海浪控制月亮。每一次地球旋轉，一半魚便會看見陽光，而一半的魚將會沉睡。

駕駛這樣的人生，就像是駕駛月亮。

不能靠得太近，也不能太遠。

那是最後一次靠近太陽系，我小心駕駛，注意引力的方向，不讓自己脫離星體，成為宇宙的部分。我二十五歲，什麼都沒有，但是看著地球，藍色、默默隱藏著情緒的鄰居，水面什麼都沒有，但水底卻有無數的未知，好像這時候才看見它，等待它重新上鉤。

偏離了一點點。

看著浮標，我想。

3/ 夜釣

海龜從港口離開的時候，沒有回頭，直直地向海底游去，大悲咒的音樂包覆著整個海面，而港底的深處，廢棄的浮標、漁箱以及肉粽，布滿青苔，牠重新想起來，自己被抓上岸的十年，被迫生下的後代，因為牠們都未曾見過海，因此，在港的四周，仍有停留在水面，以為自己仍需要一半陽光的小海龜。

牠們發現海底如同腥草，沒有日光燈，水面漆黑，同時，入港潮也正推著牠們，不停地撞向港邊結構，海龜的母親，只好回到海面，領著被放生的海龜們，身邊更多的是已經死亡的陸龜、淡水魚，眼睛萎縮、掙扎吐氣，最後慢慢沉回港底。

最後，共有六隻十年龜、十隻三年龜、以及二十二隻未滿週年的新生龜，跟著海龜的母親，離開東澳漁港。太平洋以及黑潮是兩個不同的系統，根據研究，海龜能來往各國之間，牠們順著黑潮，與蘭嶼的群體相會，在那邊，二十二隻未滿週年的新生龜，因為某些個體太小，經驗值不足，而落在東部的大陸棚，沒能習慣搭上洋流，最後只剩下五隻，海龜的母親將牠們交給了蘭嶼的群體，牠們是能夠跨越黑潮，直到南琉球島的保育區的有力種族，而海龜的母親則是選擇繼續南下。

帶著身邊的族群，海龜的母親定下了三個規則，那是根據牠三十二年的海底生活經驗，以及十年與人類生活，無法體會到大小潮的時間無依的日子，僅能深刻思考的規則。第一，死亡無所不在。第二，不要為了進食，而選擇死亡。第三，活得越久，就能記住越多事情。

牠們儘管一知半解，但是仍然選擇跟隨海龜的母親，最後，兩隻十年龜，以及七隻三年龜，跟著海龜的母親，繼續向南，前去印尼的北海岸。據海龜的母親的記憶，牠曾經在那裡，生活了十二年，產下了三十多個卵窩，有上千顆卵在那邊。

經過了大約一百五十日的巡游，牠們抵達了聖加拉奇島，是日晚上，海龜的母親便發現了不對勁，族群中，有五隻三年龜跟著當地的海龜上岸產卵，產下卵後，牠們便離開該地，等待該季的第二次產卵期。第二次上岸後，牠們發現，上一次的卵窩有人類的足跡，然而已經上岸的牠們，只能產下第二次卵窩。

在該地生活半年後，牠們發現，這個精心選擇的地點，當海龜出生後，牠們便以為陸地的燈光，是海面上月光的折射，奮力而不顧一切地奔向乾燥的土地。為此，牠們只好放棄，打算尋找下一個產卵點。然而，途中又遭遇兩個來自達拉灣的海龜獵手，海龜的母親在奔逃的過程中，除了已經筋疲力盡以外，身邊也只剩下兩隻成年海龜。

經歷了疲累、傷心的一年。

那日，海龜的母親記起來，有天，島上的山羊問牠：「壽命很長的海龜，你知道，我們是怎麼來到這裡的嗎？」那是一群自稱努比亞的山羊群體，其中，牠們經過西吉嶼的沿岸休息、捕食紫菜的時候，山羊問道。

那時，海龜的母親仍是這個群體最年幼的，而牠聽著自己的祖先，解釋了人類的遷徙、農牧以及追求糧食的歷史，像是說著某隻海豚的一生，牠頓時感覺自己，比人類還要偉大多了。那隻努比亞相當多話，也許那隻努比亞能夠渡海，一定會毫不猶豫地離開吧。

在那片海域中，牠們找到一處純淨的沙灘。沒有誘惑的光、沒有人類居住、沒有過多鳥類的島。繁殖、並且在南海的海域，來回於澎湖、菲律賓以及印尼群島。中途，才不小心被中國的漁船捕上，並且販賣至宜蘭的海岸養殖魚場。

牠們最終決定把希望放在那座只有山羊的島。

經過一百六十日的渡游，牠們先是經過了東沙環礁，接著抵達澎湖南方，依據海龜的母親的記憶，從東西兩個不同形狀的島嶼，分辨出那座有著平斜、四方的草原的小島，牠們登陸西南邊的沙灘，與記憶中比較不同的是，經過了二十多年，玄武岩岸上多了些白色、綠色的保麗龍海廢。

在該處逗留了三個月後，終於又遇見了努比亞。

那些山羊離開原本的廢棄聚落很遠，在山崖邊、玄武岩岸邊看見牠們，全都注視著廢棄聚落。其中，某隻山羊向海龜的母親表明，牠們正在經歷第三代的衰亡，以及第四代的中生，然而第五代卻遲遲未出世，也許是乳房癌的垂直遺傳，早就讓牠們無法生育了吧。

「那麼，你們不是才應該好好度過餘生嗎？」海龜的母親問。

「不瞞您說，自從努比亞仙逝後，群體的健康遲遲未有好轉。」山羊說。

「你們的生活方式有任何改變嗎？」

「並沒有，」山羊說，「所以我們才感到困惑。」

「但是困惑並不會造成驚惶吧？你們卻正在奔逃著什麼？」

「是的，我們原來的棲地出現了人類。」

「人類？人類不是早就離開了嗎？」

「是的，我們預言成功了。」努比亞說。依據山羊聽見風的聲音，分辨出兩個人類，女人的名字是禾，男人名字叫做宇滯，依據人類的律法，他們冒著極大的風險，躲在這座島上，意圖不明，已經在這座島上野炊數日。

他們大部分談的，很奇妙，是人類的金錢觀。在這座無法通訊、與其他人接觸的島上，他們都在談論金錢，由於許多的需求產生，人類研發了數套極為複雜的金錢系統，有生有、有生無、無生有、無生無，甚至山羊們懷疑，他們也不盡然能夠掌握一切。名為禾的女人說，我們還剩下一半的錢，以及一半的山羊，但時間怎麼算都不夠了。

名為宇瀞的男人說，時間本來就不曾足夠，因為我希望妳不要繼續做傻事了。

那時，山羊聞到很悲傷的氣味。

男人嘆一口氣，揹起釣竿，說，他去夜釣一些魚，等等就回來。

月亮光潔，人類離開了廢屋，沿著石頭的反光，走到有些陰森的海岸，向西望，那裡有座麒麟塔，相傳百年前船難，人船毀盡，該地居民為了鎮煞，建造一座水泥結構的反制塔，農曆三月，宰殺全羊、豬隻，用以祭拜。如果向泥土裡面嗅聞，便能聞到遺骨的氣味，那是山羊牠們盡量不靠近該處的理由。

夜裡，男人揮動釣竿，等待上鉤。

如此明亮的夜，是難以讓魚群上鉤的。只有昏濛的半月，魚群才會興奮地回到水面。海龜與山羊，遠遠地看著男人，像是乘客，而男人自己，則是司機，手上的釣竿就是舵柄，隨著海浪漂盪。

遠遠地，如果擁有山羊的耳朵的話。

就能聽見女人的聲音。

她用手機，慢慢錄著今天的日記。說也奇妙，她總是從頭講起，從頭講一件她覺得重要的開頭。但如果是這樣的話，不就得要聽數百次、數千次嗎？又或者說，她的挫折都太過相似，以至於，不論從哪裡開始，都會得到相同的結論。

禾感覺非常非常想要消失不見，她以為，來到這裡，這種想法再也不會出現了，但事實上，並沒有。心裡面浮現出宇瀞前幾天說的話，就算讓妳來到這了，這也不算真的消失啊。是啊，她發現，自己還活著，就不會消失。

那什麼該消失？慾望？金錢？還是問題只是自己墮落？想想真正的目標吧，禾對自己說，目標很簡單，馴服一隻山羊，就像她學過的，並且證明一次，哪怕一次就好，把那個感覺留住，並且時刻鼓勵自己，掉下去還不是空的。拜託了，真的，一次就好。

夜晚的中間破洞，像是燃燒破開，筆直地跨過島的南北。

抓到山羊，並且悄悄離開。

她想，這樣就能不愧對自己了。

海龜日後聽著山羊這樣敘述，不知不覺，天空就亮了。好幾日，牠們仍然返回西吉嶼，想要知道這些事情的後續，好幾個月後，寶寶們在望安的沙灘上，安然地出世了，好幾年後，族群已經熟透了整個北至琉球，南至印尼南部，時不時地，人類的音樂還是會擅自傳入海中，回到自己離開的那座港，海龜的母親，偶爾還是能聽到大悲咒，以及大量的魚苗沉入海底。

4/ 山羊嘉年華會

「那是一次沒用的嘗試。」山羊嘉年華會結束後，眾人等待為山羊披上紅布條。坐在椅子上，我對著禾說。「朋友們鼓吹我抽一口，我抽了，等了半小時，什麼也沒發生。」

「體質吧，體質決定滿多事情的。」禾有一搭沒一搭地回應著。

「我不這樣覺得。」我說，「而是我那時候還沒準備好。」

「準備好什麼？」她問。

「準備好放鬆下來。」我說。

「但沒有對吧？」她轉頭過來，對著我說。

「對，沒有。」我說。

「那就是體質，你的腦袋太笨了，所以根本感覺不到。」她說，並且站起來，踩著輕鬆的腳步，走到比賽區域的帳篷內，拿了兩瓶礦泉水。山羊嘉年華會在台南的一處實習牧場，羊協的人忙進忙出，我們這次掛在屏東喜羊羊牧場下，提供女羊來參加比賽。我們落選冠軍，差一點點，就在牠的乳房，站著評選時，它顯得略為緊張，乳房搖擺不定，一隻好的女羊，牠的乳房應該要呈現圓形，並且積極朝上。

「你不覺得很奇怪嗎？」她說，「公羊對應的應該是母羊啊，為什麼是女羊呢？」

「我想，這應該是羊協的習慣吧。」我說。

「你看，你又來了。」

「什麼？」

「腦袋太笨，什麼都相信。」她說。

我感覺有些不滿，想了想，最後又只能嘆口氣說，好嘛，我改。她這時候反而笑著說，不用啊，我沒叫你改，幹嘛要改呢？我喜歡你這樣。微妙地，聽見她說這些話時，我想起來，我們兩個人一起接走的那隻小羊，離開西吉嶼的船上，牠好安靜好安靜。

我問禾，為什麼選母的努比亞小羊呢？她說，母羊才不會像公羊一樣，在船上躁動，小隻的羊也方便我們移動。她沒說的是，馴服一隻初出世的小羊，比起成羊還要輕鬆多了，我們檢查了西吉嶼的所有小羊，就只有牠的白色斑紋最不明顯，最適合成為種羊。

她那時候抱著我，懷裡揣著小羊，一言不發，直到船抵達港岸。我們選擇夜晚抵達家中，避開白天的人車，因為禾也是在海邊長大的，在這裡養育小羊，應該相當適合吧。當然，我們並不是抱著養育寵物的心情來養育牠的，事實上，登島的風險、入侵國家保護區，跟竊盜、侵占罪同等刑度了。

在登島前，她常說：「這是我最後機會。」，結果，偷了羊，回到了家裡，她就不這樣講了。她參考了父親離世前，與其中一位海釣大哥的經驗，那是有關於如何在台灣進行毒品的運送，其中的細節多到令人髮指，也因此，專家退休後仍然受到許多的關注，大概花費三十多萬的成本，可以在台灣海峽內，隱密地往來。

「啊，頒獎了。」她喊著。

冠軍的努比亞山羊有紅色的背帶，分為波爾與努比亞兩個競賽組，其餘的人由參賽報名人拿著獎盃拍照。我們初次參賽，拿亞軍，我卻只想要偷偷摸摸頒獎，然後離開，只是禾一直對所有事情有興趣一樣，四處張望。

「開心點。」她笑著說。

我摸著努比亞妹妹的頭，溫馴，在它的旁邊比Y。

「這樣才對嘛。」

「拍得怎麼樣？」

「你好醜。」她說。

「換我幫妳拍吧。」我說。

「你知道怎麼拍得好看嗎？」

「我知道。」

「而且下次比賽可以用，證明我們來過。」我說。

「你還要來啊？」她笑著說，努比亞妹妹蹭著她的手。

「自己開車啊。」我隨口地說，但她接著問，你該不會是想要買一輛吧？我說，我都三十五了，現在開始這行，從車開始養起，再養別的東西，這樣不是很好嗎？

我以為她會說不好，但是，結果什麼也沒說。

沉默了一陣子，奴比亞妹妹餓了，喜羊羊農場的夫妻都來了，他們報了三組，包辦這屆的冠亞季，他們算是禾的第二位父母、導師，在禾還是大學生的時候，參加了校內的研討會，介紹了西吉嶼的羊群生態，而那個總召集人，就是喜羊羊老闆娘小蘇，只是隔年遇到颱風，計畫因此無法續延。他們很好心地打算借我們乾草與精料，不過我說我還有，回到租車上，拿了乾草以及礦鹽，回到了農場。

「還需要拿礦鹽？」她問。

「今天早上六點就到了，還沒有吃呢。」我說。

「我還擔心牠吃太多。」她說，摸著努比亞妹妹的背。

「妳太多擔心了，凌晨還擔心說會拿冠軍，幹嘛擔心這個。」我說。

「我是說害怕，不是擔心。」她說。

「害怕拿冠軍？」

「對。」

「那現在拿了亞軍，還是會害怕嗎？」

「有點，但沒那麼多了。」

「為什麼？」

「可能是結果，沒有我想的那麼好吧，如果幸運的事情發生了，那麼痛苦就會來臨。」她說。「而且是很快地來臨。」她摸著小羊的頭，那是一塊缺角的、硬硬的地方，在努比亞五個月大的時候，禾參照著山羊飼養管理守則中，去掉了牠的角。同時間，我在禾的機車裡面，發現藏了幾個之前沒找到的4-AcO-DMT膠囊，我對禾完全無言以對，她則是對我說，自己從那次後，並沒有用過了，這些就只是留下來的殘物。

我親了她，為了消除她的恐懼。而她感覺眼神裡集中了什麼，也回親了回來。口乾舌燥，這是我接吻完的感覺，要喝點水嗎？她問。我點點頭，打開了手中的礦泉水。

「跟你說——」她講。

「嗯？」

「如果我想繼續在那個島上生活的話，你會跟我來嗎？」她說。

「我希望我不會，」我說，「但也許我最後還是會。」

「是嗎？」

「是啊。」

「我覺得，你應該不會。」她說。

我想了想，想了所有能夠表達愛意的話，但是，愛妳，相信妳，或者說要解釋自己，永遠是那麼的痛苦，為什麼要解釋呢，一切都讓它死亡就好啊。但我看見禾的背影，突然又覺得她跟山羊一樣，都是被變成這樣，被丟在某個地方，才會變成這樣的。

我閉上眼，坐上了車子。

那隻亞軍幼年女羊努比亞，跟著喜羊羊的夫婦回到了屏東，再三四個小時後，牠就能在一群努比亞肉羊中，睡著了吧。我思考了很多，從一開始在東澳，認識了仍只是大學生的她，到後來，兩個人交往了兩年，第一次學開船，第一次學抽大麻，第一次學習清楚、直接的愛的傳達，不過，隨著時間的過去，事實上，我們只是自己無趣的某種俘虜，她患上憂鬱症，某天，在停不下哭泣的晚上，我拿給了她一罐4-AcO-DMT，說，妳吃吧，我也有在吃，吃完就能夠克服的案例，醫學上很多。

是的，一切就只是這樣。直到她的父親過世，我們都以為這是還沒停止幻覺。

哪裡都去不了的我們。

突然哪裡都想去。

我說：「事實上，我真的付了頭期款了。」

開車的她一面回我：「哪個頭期款？車子？哪一台？」

我說：「是農地，在貢寮，所以很便宜，村長介紹過，有一片很棒的木林，我想要從頭自己做起。」

她說：「是嗎？」

我說：「但我還是會跟妳一起去，如果，妳真的想的話。」

她握著方向盤，但是眼淚已經開始落下。我們沿著國道三號，高速公路的燈已經亮起，進出隧道之間，我感覺，我們也如同山羊一樣，在孤島之間，隱密地運送著。

我們在休息站吃了關東煮，聊著未來，聊著那塊農地。甚至，她還假設起，如果自己有個家庭，那麼，讓自己的兒子以及女兒，好好地看著樹木，或者好好地看著昆蟲，盡所有自己的努力，身為母親的努力，讓他們知道，這世界有那麼多繁複、難以理解的事情，像是甲蠅，有著甲蟲的背殼，卻裝著蒼蠅的眼睛，像是山羊，牠們開始生產的時候，母羊會站立不安，眼神焦慮、呼吸急促，並且十分黏人，這很奇怪，彷彿一切就是設計好，將由人類帶領山羊，不存在人類的地方，山羊也無法獨活。

「然後，他們就會讚嘆，然後像是小車子一樣，為了知道更多，未知、難以理解的事情，包含人的心情啊、包含為什麼要被生下來啊，連我們壓根都不知道的事，他們都能自己努力去找。」禾說。

「嗯。」我說。

「他們會很充實，同時也很飢渴。」禾描繪著，「而那時候，我只要看著他們，一定會比現在幸福多了。」

「對，我想應該是的。」我也感覺想哭。

為什麼呢？為什麼現在才想哭？看著關東煮，金黃色的茶湯，我記起一個腦袋很笨拙的證據，現在才想到的我，確實很笨拙。我仍未認識禾，仍未握起釣竿，仍住在父親遺留的小屋裡，那天抽完大麻，朋友們都已經開始飛了，而我只能在一旁滑手機，過了半小時，我想說，與其這樣，倒不如再去接兩單，騎著車子，取完餐，抵達南陽街附近的補習班，準備等客人取餐時，有一個眼神木然、從劉毅英文大樓走下來的女生，接過旁邊等待著的父親手中的便當時，頭也不回的神情。

多麼哀傷。

大麻同時發作，取餐的補習班老師愣愣地接過我手上的便當，愣愣地離開不停哭泣的外送員。而我那時，只感覺一切都來不及了，所有我沒有完成、沒有及時說出來、後悔至極的事情，全都在我腦袋裡，而我只能不停地、反覆地對著它們道歉。

「你在哭嗎？」禾說。

「不知道。」我難過地說。

禾溫柔地抱著我，就如同，那天晚上，在漆黑的海上，儘管我無法理解禾的心靈，但是看著禾抱著剛生出來的努比亞，小聲地哭泣的時候，握著她冰冷的手，我最後所能夠表達一切。

5/ 湖骨

小蘇帶著女兒登島。

跟隨著返鄉的西吉村民，她擔任導覽。西吉嶼生態特殊，她打算教導女兒的第一個功課便是，以更宏觀的視野去看世界。在海埔姜與虎尾草的草地上，她問女兒，在這麼乾燥、降雨量稀少的島上，為什麼還有那麼美的草原呢？

「答案在牠們身上。」小蘇指著努比亞。

年幼的女兒，跟著母親的手，一起跟隨著努比亞前進。不能太靠近，因為這是個安靜、怕生的生物，老實說，又熱又累的她，早就受夠了一直流汗的手掌了。但是為了滿足母親的教學欲，她只好默默地走著。

努比亞來到一處小湖。西吉嶼上，儘管四面環海，又降雨稀少，但是它的玄武岩島體，像是一個窄深的水杯，接住了可以供山羊飲用的湖水。身為教授的女兒，她早已猜到母親下一句要講——看吧，水可以孕育一切。

但母親這時候卻伸長她的手，指著湖面，興奮地說：「妳看。」

「山羊骨頭！」她喊道。

她繼續探險，她發現了山羊群體，在麒麟岸的山崖附近，黑壓壓地，她不敢靠近，因為內心感到害怕，擔心山羊會害她找不到回家的路。別跑遠，在這裡玩，小蘇說。南面的廢棄聚落，早已生了大量的虎尾草，蓋住了四周，女兒一間一間探險，圓圓的羊大便，不小心就會踢得遠遠，遠處，有個黑黑的山羊伸出了廢窗，從窗外看著她，她慢慢地靠近，發現這隻山羊像是熟睡一樣，安靜地流下了一條條黑色的體油，白骨被太陽曬得龜裂，一動也不動。

「為什麼不動了呢？」女兒問。

山羊應該明天就好了吧，小蘇笑著說。

午餐時間，村人他們聚在一起，在麒麟塔旁邊，搭起了遮陽的臨時區域。煮泡麵、喝魚箱裡面冰好的可樂。小蘇看著自己的女兒，不禁回憶起，以前教過的學生，他們有著清澈、為了理解一切，就能暫置自己人生的眼神。不知道他們過得好不好，有沒有找到生存與探險的平衡呢？旁邊的年輕人玩起立瓶挑戰，看得小女孩也拋著自己的小包包，旋轉、擾動，並飛向天空。

最後又直直地撞入草地。

跋：逃家小兔與回家小羊

——讀《湖骨》

◎盧郁佳

如魔術師變出兔子般，《湖骨》展示考古學、土壤壓密理論、工程數學時，讀者往往不明覺厲（雖然看不懂但覺得好厲害啊）。但主述者描述生活時，應該好懂，卻比工程數學更難。此書獨創一套面癱演技，說話不著邊際，神思迷離、恍惚閃爍。每行字離紙面五公分漂浮其上，讀第一遍時毫無方向，跳躍駁雜，分崩離析。想說的話埋在角色心底，像迎面飛馳而來的車輛。角色像死亡賽車逆向行駛，不斷閃避來車，就是那些想說的話。方向盤一扭，間不容髮錯開。讀者看不見角色在閃避什麼，只見車燈軌跡一路蜿蜒的殘像。敘事疏離漠然，只通過對外界多采的主觀描寫，來暗示角色內心動盪。

〈雨雪〉中，高中生橘子喜歡社團的一個女生，不說喜歡，而說「那一定是受到很多人追求的女生」，似乎他僅能透過集體所趨，來理解自身的情感，不知道別人感受和他不同；也無法分辨空想與現實，想輟學去花蓮「至不濟開個早餐店」，不知道人家開店有成本。而橘子的哥們「我」討厭那女生，不說討厭，而說她「不是那種生命必要的人」，所以必要的人是什麼樣的人？為什麼他會把世間女生分為眾男爭奪的「女王」和缺乏個性、不起眼的「小蟲」？為何任性神經質的林黛玉型是生命必要的人、女王，有安全感、體貼的薛寶釵型就不是必要、是小蟲？

喜歡不說喜歡，討厭不說討厭，讀者只能從上下文破譯取代的密語，逐字編寫雙語字典。等詞庫建好，考古學或工程數學術語就只是眾詞條之一。

橘子天真未鑿，喜歡過社團女生。傷心失戀後，轉而喜歡花蓮學妹，她也對他無意。學妹雖刻意冷落他，橘子卻看不懂這是拒絕，邀「我」去基隆看黃色小鴨，全程抱怨遠距離交往無法了解學妹的心意。而「我」當初因為橘子迷戀社團女生，遂也瞞著橘子偷偷喜歡她、追求她受挫。在激烈競爭下退出，卻未死心。看小鴨途中撞見社團女生與男友來約會，他大受打擊。儘管身邊橘子喋喋不休傾訴，他充耳不聞，滿心為自己哀悼情傷。雖然兩人同行、橘子傾訴心事，聽者「我」卻別有懷抱，既無法說出來，也無法聽人說，是世上最遙遠的距離。

全文「我」用了五次「透明」，形容胸口下沉、身體震動、悲哀穿過心中。讀者才得知，他的「透明」不是一般所想的「透視一覽無遺」，反而是隱形不可見，專指情緒痛苦「只有我知道，別人看不見」。「透明」就是別人不知我的心情，所以寂寞。為何不可見？因為他沒有說出來。更選了困在自己粉紅氣泡裡無暇他顧的橘子同行，此時橘子當然視而不見，構成「我」用來隱藏情緒的盔甲，保護「我」由現實中撤退，向內移民。

開篇「我」說了兩次「美麗」，形容女生能夠在他們心中激起戀愛熱情的特質。他雖然自認世故老練，經常教訓橘子太過天真；其實兩人在失戀打擊下同樣脆弱無助。經過煎熬、安慰、落淚的洗滌，結尾「我」又說了兩次「美麗」，形容置身的火車站為世上最美，火車的光芒如同美麗的希望。這是天真遭遇現實摧殘的成長故事，結尾「美麗」從代表殘酷現實的活生生女人，過渡到無生命遂也無害的物體上，意謂他吸收了衝擊，將熱情轉移到自己能夠控制主導的領域。也就是進一步向內移民，自己的繭自己織。情緒雖由波谷上昇，長期是循環下降。「下降」、「沉降」、「壓密」不是工程數學，而是情緒盪到谷底。

●

抵抗情緒就是讓自己分心。於是，互動經常多工：

〈土葬〉研究生洋蔥打電動，一邊跟「我」說話，一邊直播回應觀眾。

〈妻子〉「我」煮好魚麵線，在餐桌上邊看波浪力學，邊與妻子聊她的夢境。

〈雨雪〉橘子拿著手機，手不停按鍵。人已經離開這裡很遠很遠了。

他們設法分心，努力到炸裂。〈月土〉大學女生「妳」遇襲驚嚇，漂浮了十天；逃避的功力，卻比不上母親顧左右而言他。以後女兒要打工，母親阻止：「妳還要外出嗎？」意謂「妳被襲擊是因為外出，所以一輩子不能外出」。母親壓抑不住正題，冷不防迂迴提起，因而扭曲誇大不實。但還是不談正題。

女兒的漂浮是什麼？〈雨雪〉社團女生眼神渙散不看人，橘子因此喜歡她，「我」因此討厭她。其實兩人同樣被她吸引，反應的不同，只因橘子對喜歡別人的情感仍是喜歡的，而「我」對於喜歡就深感陌生、受威脅、恐懼。渙散是什麼？女生的渙散，就是〈月土〉大學女生的漂浮，是內心遇重大傷病的奄奄一息、無暇他顧。橘子和「我」受吸引，是因為在她身上看見了自己所不知道的自己。出遊看小鴨時，「我」遭失戀打擊，別人說了什麼他聽不見，全心抵禦內心危機。外人看來，就是精神渙散。

當初「我」發現她回話無聊，無聊到他發火。渙散的人話題無聊，是因為沒有要跟你聊，甚至不知道別人為什麼要聊天。人說夏蟲不可語冰，其實冰也不懂夏。交談時習慣被單方面施壓逼迫的人，不懂普通人聊天是在做什麼，因為沒有體會過與人相處的喜悅。

洋蔥想在沙灘活埋三天，橘子想輟學去花蓮找學妹告白，都想逃離現在的人生，逃離逼人的正題。他們都是倖存者。已升學順理成章離家，過去依舊鬼影幢幢：

「伴存關係」序曲中，地震後，母親從遙遠的北部搭客運趕到「我」家門口。

〈土葬〉爸爸夜晚隻身搭了五、六個小時的火車來見兒子，累餓發火，教訓兒子。兒女們必定會通過故事和藝術處理傷痛。畢業不去求職，再次觸動了父母警鈴：

〈土葬〉父親訓兒子：「我哪裡做錯了？（沒有）為什麼沒有？那你為什麼會這樣？」

〈妻子〉妻子的母親半夜兩點醒來，發現大女兒和二女兒累得在沙發上睡著。母親憤怒三女兒不體恤姐姐，哭著打了六十三通電話把三女兒吵醒。

這些父母經常焦慮崩潰，以為兒女應該負責，父母就能解除痛苦，所以施壓兒女。

「伴存關係」序曲中的主角「我」說曾把壁虎當寵物取名字，「我其實也被牠們保護，無論是螞蟻，還是我曾經餵食過的野貓們」，不是說小動物，是說母親保護他。說「只要有人類社會的地方，就會有螞蟻」，不是說螞蟻，是說主角逃不過母親手掌心。是保護，同時也是威脅。

「我」迷戀任性的林黛玉型，是因為父母們任性。討厭體貼的薛寶釵型，是因為陌生。沒被體貼的人照顧過，長大就不知道怎麼跟體貼的人相處。

●

受傷的人經不起關懷。因此同伴相濡以沫，努力使自己的關懷不著痕跡：

〈月土〉眾人都同情女主角，只有小倩若無其事，像根本不知道她曾遇襲，她也不知道小倩知不知道。她決定跟小倩同住。因為她自己也不接受遇襲這件事。小倩的溫柔就是陪著女主角否認到底。

〈雨雪〉中，鐵道迷橘子大談鐵道經，「我」沒打斷他，「因為他剛剛也沒有打斷我哭。」橘子知不知道他為什麼哭？沒人知道。對「我」而言，這樣的溫柔剛好。

〈離散〉中，同學考砸回宿舍，「你」門外徘徊十幾次，最後拿鹹酥雞敲門問他要筆記，拿到就關上了門。

〈土葬〉中，「我」胃潰瘍，吃飯都想吐。到了〈紅色的精靈歌〉，主角吃完一餐總想吐，所以獨自用餐，出外避人。回宿舍一定看見同學山羊裝忙在等他，羞怯地笑，「像是不小心被發現自己的好意」。

更進一步，扮演中間人調解爭端，帶來和解：

〈土葬〉中，阿姨的兒子是中保，女歌手也是中保。當著外人，母親就不會發火，是親密關係所需的距離。

●

本書歌頌友誼保育了這群亡命之徒，並非寄望其拯救。同伴的行為能力受封印限制，是〈墳山與道路〉中小白雞和粉紅兔兔坐在窗沿觀察窗外，不能做什麼。

主角們會將親子習慣帶進同伴關係：〈妻子〉妻子認定丈夫該滿足她一切需要。〈湖骨〉的憂鬱症女孩，既希望逃離世界時男友能陪她一起去，但又不相信他真會陪她去。相處就是不斷遭受各種挑戰。

而相愛也沿襲父母愛兒女的方式：〈月土〉母親擔心女兒，就叫女兒去廟裡求平安符，把「我的擔心」當成「妳的擔心」治療。〈月土〉、〈湖骨〉的男孩，愛女友就是把自己的抗憂鬱藥給她吃，把「妳的憂鬱」當成「我的憂鬱」治療。彼此界線已難分辨。

不能期待砍掉重練，但是期待重新和好。每篇看似逃離，卻也都是想要回家，尋求歸屬。在同伴照顧下休養生息，就為了鋪平那條回家的路。結尾〈湖骨〉女友既想逃離世界，又想要兒女陪伴，結果領養了小羊。小說開頭寫一群努比亞羊，莫名其妙被丟在澎湖孤島凄風苦雨、自生自滅。接著寫男主角的父親用嫌棄的方式關心他，被他回嗆。喪父後，偶遇路人大叔到補習班送飯給女兒，女孩不知感恩嗆父親，他才想起往事落淚。讀者恍然大悟，在他的內心，他就是努比亞羊，喪父就是莫名其妙被扔在荒島，無依無靠。無父母之人等於電影《犬之島》中的孤島棄犬，追逐曾被飼主疼愛過的那一絲熟悉氣息，遠遠跟在人後，已經是最大勇氣。女友治療被遺棄的方法，就是將自己領養回來。

雖然語言隔閡孤絕，《湖骨》的核心仍是無盡的依戀，從冰凍中奮力振翅，往火光溫暖之處飛去。讀者見到這微渺火光，角色便躍然紙上，敘事便言無不盡。全書也就成了相伴的旅程：讀者若能陪伴主角經歷阻難，也就陪伴了自己英勇前行。

跋：你也是那個感到很chill的聽眾嗎？

◎李奕樵

那是你諸事不順的冬天，可能大考失利，中年失業，愛侶罹癌，股市崩盤——總之有某些不好的事件，像是溪流中的礁石那樣出現在你乘坐的小舟前，猛烈地撞擊了你的生活，你甚至能聽到船體碎裂的聲音。你失去控制航向的能力，在城市的巷道間漫遊。錢包裡有幾張千元紙鈔，你覺得只要能給你一點其他的感覺，什麼都好，你都願意買來試一試。

你發現，巷裡有間裝潢廉價的咖啡廳，今晚有一場提琴手的演奏會。你走進咖啡店，店員女孩說，因為活動包場的關係，今天只能坐到六點喔。你說你想聽演奏會，能不能買一張票。女孩說：「店內沒有負責售票喔，您可能需要自己去聯繫主辦單位。」女孩給了你演奏資訊的連結。那實際上只是一個個人帳號的貼文，是一位痞痞的青年。

你點了熱飲，像個流浪漢孤獨地坐在椅子上操作手機，傳訊息過去問今天還能買票嗎？「可以喔！」對方大概二十分鐘後才回覆：「匯款到這個帳號，給我末五碼即可。」三百元的演奏會，以咖啡廳的座位數量來看，應該不會有什麼利潤吧？在街頭表演可能還更合理一些。

咖啡廳內沒有開暖氣，但還是比冷氣團來襲的街道溫暖。咖啡廳的椅子坐起來也挺舒服的，你就這樣凝視著落地窗外的巷子發呆。六點，你看到那位痞痞的青年，穿著黑西裝，戴著安全帽，騎著機車過來了。青年將機車停在咖啡廳對面，背著琴盒走進咖啡廳。

讓人有點訝異地，演奏會的場地準備過程竟然只是把桌椅挪動一下而已，沒有音響、麥克風架、琴譜架。咖啡廳也沒有後台，青年就在表演的空間調音，進行機械式的熱身練習。青年的女友來了，幫他用髮蠟整理髮型，簡單地化了妝。你注意到青年西裝下的襯衫多麼潔白硬挺。他真的很重視這場賺不了多少錢的表演。

六點，陸續進場的聽眾各自從咖啡廳吧檯上拿了張印在A4紙上的節目表。其實到了表定的時間，演奏都沒有正式開始。青年說某某跟某某還沒來，我們看要不要再等一下。聽眾有幾人回應說好啊，好像它們本來都是同一個交友圈的朋友。「每一場都會delay 不就是你的特色嗎？」有人笑說。

演奏的曲子乍聽是巴洛克時期的曲風，有巴赫的宗教感，但偶爾會出現非常現代化的旋律素材，和弦的按法也適合現代提琴。應該是二十世紀後的樂譜。明明神聖與通俗感兼具，聽起來卻非常 chill。當青年用琴弓奏出那些快速的琶音時，他選擇讓觸弦音色溫柔細膩，所以「速度」這樣的冰冷印象反而消失了，取而代之的是溫柔綿密。即便那明明對演奏者來說就是非常繁重的肉體勞動，他卻選擇讓這些聽眾更 chill 一些。

你本來打定主意，如果聽完一首曲子沒有感覺，就要果斷離開。但你卻聽完兩小時的演奏會。右後方角落有個老人睡著了，發出細微的呼吸聲。

你聽到一半的時候，可能會有股衝動想站起來，跟這位演奏的青年說：「別幹了，這個世界根本就沒有付給你足夠的報酬。你為了這三百元的門票，這麼少的聽眾，努力做到這種程度根本不合理啊。」但連這股怨氣都被樂曲沉靜的基調撫平了。當一個表演者太慎重地對待一場表演，太慎重地照顧他的聽眾們，好像這些事物都很神聖一樣時，其實真的變得神聖的，是表演者自己。

在被這種清教徒式的奉獻熱情感染之餘，你也會意識到，這批聽眾出現在此地，不是因為它們是朋友。而是經驗過這樣的表演後，它們成為了朋友。

陳泓名的《湖骨》在我讀來，大概就是這樣的一場表演。

新人間叢書 332

湖骨

作　者——陳泓名
執行主編——羅珊珊
校　對——陳泓名、吳如惠、羅珊珊
美術設計——廖　韡

總　編　輯——龔槵甄
董　事　長——趙政岷
出　版　者——時報文化出版企業股份有限公司
108019台北市和平西路三段二四〇號
發行專線——（〇二）二三〇六六八四二
讀者服務專線——〇八〇〇二三一七〇五　（〇二）二三〇四七一〇三
讀者服務傳真——（〇二）二三〇四六八五八
郵撥——一九三四四七二四時報文化出版公司
信箱——10899台北華江橋郵局第九九信箱

時報悅讀網——http://www.readingtimes.com.tw
思潮線臉書——https://www.facebook.com/trendage/
法律顧問——理律法律事務所　陳長文律師、李念祖律師
印刷——勁達印刷有限公司
初版一刷——二〇二一年十二月三十一日
定價——新台幣四〇〇元
（缺頁或破損的書，請寄回更換）

時報文化出版公司成立於一九七五年，
並於一九九九年股票上櫃公開發行，於二〇〇八年脫離中時集團非屬旺中，
以「尊重智慧與創意的文化事業」為信念。

湖骨／陳泓名著. -- 初版. -- 臺北市：時報文化出版企業股份有限公司，
2021.12
320面；14.8×21公分
ISBN 978-957-13-9818-1（平裝）

863.57　　110020786

ISBN 978-957-13-9818-1
Printed in Taiwan